Flechas DO PASSADO

Editora EME

DAUNY FRITSCH

pelo espírito WILLIAM

Flechas DO PASSADO

Capivari-SP
– 2020 –

Os direitos autorais desta obra foram cedidos pela autora para a Editora EME, o que propicia a venda dos livros com preços mais acessíveis e a manutenção de campanhas com preços especiais a Clubes do Livro de todo o Brasil.

A Editora EME mantém o Centro Espírita "Mensagem de Esperança" e patrocina, junto com outras empresas, instituições de atendimento social de Capivari-SP.

1ª edição – outubro/2020 – 3.000 exemplares

CAPA | vbenatti
PROJETO GRÁFICO E DIAGRAMAÇÃO | Marco Melo
REVISÃO | Editora EME

Ficha catalográfica

William (espírito)
    Flechas do passado/ pelo espírito William; [psicografado por] Dauny Fritsch – 1ª ed. out. 2020 – Capivari-SP: Editora EME.
    224 pág.

    ISBN 978-65-5543-040-0

1. Espiritismo. 2. Intercâmbio espiritual. 3. Mediunidade.
I. TÍTULO.
                                     CDD 133.9

Um livro aberto é um ente que fala.
Fechado, um amigo que espera.
Esquecido, uma alma que perdoa.
Destruído, um coração que chora.
Provérbio hindu

SUMÁRIO

Introdução

PROCURANDO NOVO ENREDO para lições espirituais, fui rever o arquivo dos corações humanos.

Senti reflexos de uma prisão terrena, alguém, ainda preso às trevas dos erros praticados, soluçava corroído pelo remorso e implorava luz nos caminhos, pois lutava com sombras que o atormentavam.

Abrimos as páginas desta vida e encontramos mais um mapa espiritual que fora rasgado pelas ilusões terrenas.

No esclarecimento ajudei-o a desprender-se da prisão do remorso rumo a novos caminhos, levando o rastro da luz do perdão dos corações martirizados, pois todos se lembraram de Jesus, na cruz, dos erros humanos.

Vamos, portanto, recolher o perfume das lições espirituais através da leitura, fortalecendo os corações.

Com minha saudade,

William
Saudade é a essência das recordações.

REMORSO

É TER NO coração eterna lâmina que fere, sangra e não se pode tirar...

É sentir o sangue gotejar, lentamente...

É sentir espinhos ferindo os pés...

É ter a fronte inclinada para as estradas que caminhamos sem podermos erguer o olhar, e, fitar o infinito...

É ter n'alma o eterno peso de algo que nos sufoca, e sabermos que merecemos assim nos sentir...

Remorso é contemplar o desabrochar de uma flor e não sentir o suave perfume que parte, em saudação ao Senhor!

Remorso é só vermos os espinhos que circulam a rosa e não contemplar a maciez de suas pétalas.

É vermos pétalas murchas em vez de coloridos suaves, despertados à luz do sol.

É sentirmos em torno da luz, uma eterna sombra, que nos envolve os sentimentos...

É magoarmos o nosso coração com as próprias mãos como se estivéssemos ferindo-o com pontiagudo estilete.

É trazermos em nossa mente a recordação de tenebrosos quadros de um passado... que séculos não apagam...

É contemplarmos o céu coberto de estrelas a cintilar e vermos olhos a derramarem lágrimas...

Remorso é lâmina que fere, destrói, arruína almas que procuram se elevar...

Remorso abafa o arrependimento que procura envolver corações numa súplica ardente ao Senhor.

Remorso é a treva que tenta ofuscar a luz, mas a luz vibrante da fé envolve em jatos de grandeza divina os corações que, exaustos das sombras, suplicam a paz e a luz nos braços de Jesus!

Psicografia, 1972

Cenários terrenos

Manhã sombria de inverno, como se a névoa agasalhasse as lágrimas de imensa saudade de todos que se retiravam, depois que a lápide fechara o túmulo.

Túlio abraçava o irmão Lúcio, ainda emocionado, pois acabavam de deixar o corpo do velho pai, cujo espírito seguia o roteiro de luz e paz, deixando o exemplo do amor paterno para toda família.

Falava Túlio:

– Lúcio, nossa vida terrena é uma viagem para estudos e aperfeiçoamentos do nosso caráter, fortalecendo nosso espírito. Nossos pais deixaram bagagem espiritual muito grande, portanto, vamos seguir a estrada na luz que nos legaram.

Lúcio procura reter a emoção:

– Túlio, você cuidará do inventário, pois estou com viagem marcada, pretendo abrir uma filial na Espanha. Esta ideia partiu da Selma e aceitei, ela está preparando tudo.

– Antes desta viagem, vamos deixar tudo esclarecido, sobre heranças, pois estamos casados e com filhas. O tabelião informou-me estar no cartório à nossa espera. Depois, você segue seu destino. Eu continuarei, aqui, exercendo medicina, dando assistência aos enfermos do corpo e do espírito. Você viaja, mas não me deixe problemas do seu patrimônio, é só o que lhe peço. Sou médico e não empresário.

– Quanto a isso não se preocupe. Não sei o tempo de ausência, mas o meu advogado Rubens ficará na direção da imobiliária.

– Eu lhe agradeço e que o espírito do papai siga em paz ao encontro da mamãe.

E cada qual seguiu seu destino, ao lado das esposas silenciosas.

Dona Leonor, mãe de Nilce, recebeu o genro com sua ternura e murmurou:

– Celina está rezando ajoelhada pedindo a Jesus que deixe o vovô entrar no Céu e logo encontrar a vovó.

Entretanto, aquela prece infantil atraiu o espírito do vovô que ali estava de mãos dadas com a vovó e abençoavam a netinha.

Mas, na residência de Lúcio, ele logo recebe um problema da esposa:

– Lúcio, levar criança conosco, nesta viagem, não vai ser fácil. Estive pensando, vamos deixar a Cassandra com Nilce e Túlio? Eles olharão por ela, como filha. A mãe de Nilce, dona Leonor é muito carinhosa. Meus pais moram longe, não aceitariam.

Lúcio encara a esposa:

– Selma, você pretende fazer esta separação, numa fase que a criança precisa tanto da mãe?

Selma rebate:

– Ah! Lúcio, ela terá muito carinho junto de Celina. Vai saber que voltaremos para resgatá-la. Veja só: não sabemos o tempo, onde ficaremos, problemas de terra diferente e você sozinho, não deixarei!

– Deixe passar este período de luto, próximo da viagem falaremos com Túlio e Nilce.

···♡···

DIAS DEPOIS VAMOS encontrar os dois irmãos e esposas no cartório da cidade.

Aberto o envelope, Túlio sorria, pois, apenas dez títulos ao portador que seriam para as netas ali figuravam. Tudo na igualdade.

Terminava o inventário com as palavras:

"Filhos, do mundo terreno só levarei as lições que me purificaram o espírito. Sejam unidos e nunca se esqueçam de que lhes deixei a verdadeira herança nos ensinos do grande mestre Jesus. Adeus".

Lúcio pondera:

– O papai sempre me dizia: "faça seu patrimônio, porque não deixarei bens terrenos. Dei aos meus filhos a base para serem homens de caráter".

O tabelião sorriu e entregou-lhes os documentos. Na saída do cartório, Selma logo esclarece:

– Não preciso me preocupar com o futuro de Cassandra. Lúcio deixa as apólices com Túlio, pois estamos de viagem marcada.

O doutor Túlio desperta:

– Lúcio, não se esqueça do que lhe pedi: "não quero preocupações extras, sou apenas médico".

Selma olha para o marido pensativo e completa:

– Ah! Túlio, é seu irmão, recorda o último pedido do seu pai.

De repente, Lúcio diz:

– Túlio, guarde para mim, é só o que lhe peço, não posso deixar na imobiliária.

E se despedem com o beijo da Selma.

Nilce contempla o marido colocando novamente na pasta:

– Túlio, você está preocupado?

– Estou, Nilce, algo nos aguarda através da Selma. Quando

eles se casaram, eu comentei com papai: "Eles se amam, todavia, sinto um mistério no caráter de Selma", o papai concordou, por isso deixou tudo bem claro no inventário.

Nilce continua:

– A Selma é orgulhosa por ser esposa de empresário. Eu nunca gostei do nome Cassandra, muito pesado para criança. Ela comentou que era uma deusa, amada por Apolo e que recebera o poder de profetizar, mas depois Apolo retirou esse poder porque ela recusou seu amor.

Túlio sorriu contemplando:

– Mais uma negativa, ela perdeu o poder, como será o futuro desta criança, no decorrer da vida? Nós custamos tanto a receber Celina, que é nosso anjo. Nilce, agora me recordo. Lúcio e Selma logo tiveram a filha, ela deveria estar grávida quando se casaram. Nós estávamos casados há três anos, esperando a chegada de Celina. Hoje, as duas estão com seis anos, mas creio que educadas em livros diferentes.

A VIAGEM

DECORRIDO UM MÊS de saudades, Lúcio e Selma foram à casa do irmão para se despedir. Dona Leonor beijou Cassandra e disse:

– Que Deus abençoe você.

A criança olhou espantada:

– Quem é Deus?

Todos se voltaram e Celina respondeu:

– É o nosso Papai do Céu. Ele nos ampara em tudo, está sempre olhando dentro do nosso coração se somos bons ou maus, para nos dar saúde e paz. Deus é amor.

Cassandra ouviu e logo pediu:

– Vamos brincar com suas bonecas?

Túlio contemplou os pais e perguntou:

– Lúcio, vocês não ensinaram a sua filhinha sobre a existência de Deus? E a fazer uma oração?

O irmão responde:

– Isto é tarefa de mãe, eu estou sempre no trabalho.

Selma intercala:

– Túlio, ela é muito infantil para colocar o universo na sua cabecinha.

Túlio responde sério:

– Selma, engano seu, toda casa começa pelo alicerce. É na infância que se coloca a certeza da força divina, como superior a tudo no mundo! Sua filha já traz nome estranho e agora vejo que lhe falta a instrução espiritual, como será o futuro desta criança, Selma?

Selma dá uma risada:

– Ótimo, Túlio, você será o professor espiritual para Cassandra. Vou deixá-la com vocês enquanto eu e Lúcio iremos à Espanha.

A família de Túlio se espanta e Lúcio completa:

– Túlio, eu vinha lhe pedir este favor enquanto estiver na Espanha. Eu vou a negócio e não sei por quanto tempo. Ficaria mais tranquilo sabendo que vocês olhariam por ela.

Túlio olhou a esposa como a lhe dizer: "realizou-se a intuição."

– Ah! Agora entendo porque ficar com as apólices. Vocês seguem em lua de mel e nós aqui guardaremos seu tesouro infantil com toda a responsabilidade sobre sua vida.

Dona Leonor aclara:

– Meu Deus! Como é triste uma criança sem os pais! Receba a criança, Túlio, eu ajudarei.

Selma alegre beija-a:

– Muito obrigada por aceitar Cassandra entre vocês.

Volta-se para o marido:

– Lúcio, por favor, retire do carro a mala de roupas, pois embarcaremos no voo da manhã.

Túlio sentou-se na poltrona, levou as mãos à cabeça e murmurou:

– Meu Jesus, dá-me coragem.

Ele recebe um beijo da esposa que silenciosa pensava: "Tudo preparado por Selma".

Selma chama a filha:

– Olha, a mamãe e o papai vão viajar, mas você ficará aqui, com o titio. Depois, voltaremos para buscar você.

Para espanto de todos, ela responde:

– Pode ir, gostei muito daqui – e se afasta levando a boneca nos braços.

Selma empalidece e Lúcio aflito a chama:

– Filhinha, o papai te ama, quero meu beijo.

E, novamente, o coração desprezado responde:

– Para que o beijo?

O casal fica estático com a demonstração da filha, pois já sentia no coração o abandono.

Túlio segurou a mão da esposa, como se fosse uma âncora do amor, e ela refletiu no olhar sua ternura.

O casal se despediu deixando a mala com roupas da garota e Lúcio completa:

– Túlio, deixarei na imobiliária para ser entregue a você a cooperação da estadia da Cassandra.

– Não precisa, Lúcio, mais um na minha mesa não destrói meu salário.

E se retiraram com sinceros votos de boa viagem e feliz regresso.

Dona Leonor procura um novo astral:

– Nilce, vamos ver a mala com roupas da menina.

E, logo exclama:

– Deus meu! Só tem roupas de grife, como pode, ela pensa que levaremos a garota aos bailes reais? O que terá feito das outras roupas? Jogou no lixo ou deu a alguém?

Nilce tranquila:

– Deixe comigo, mamãe. Amanhã levarei esta mala e trocarei tudo, ao meu gosto. A criança fica, mas no regime das nossas leis, não é, Túlio? A temporada vai ser longa, eu pressinto.

Ele se ergueu, beijou a esposa e se dirigiu ao jardim da casa para refrescar o cérebro e murmurou "Que saudades, meu pai"...

... ♡ ...

ENQUANTO ISSO, AS duas meninas brincavam no quarto. Nilce foi ver como estavam e logo escuta:

– Titia, o quarto da Celina é lindo, eu quero dormir aqui, ela me deu esta boneca.

Nilce sentiu um calafrio e pensou: "Eu preciso cortar estas asas, senão minha filha levará prejuízo". E chamou:

– Celina, você ouviu o que ela disse?

– Ouvi, mamãe, pode deixar, eu durmo com a vovó, a cama dela é larga.

E baixinho disse:

– Ela está triste sem os pais e não gosta do nome dela!

Nilce recolheu a filhinha em seus braços e beijou-a, expressando seu imenso amor materno.

Quando olhou para Cassandra viu lágrimas correrem, silenciosas no rostinho. Então, chamou-a aos seus braços também e beijou-a. Aquele afeto abriu as comportas das lágrimas e Cassandra soluçou nos braços da tia, que a agasalhou no seu amor, enquanto a mãozinha de Celina completava o carinho materno.

Nilce refletia: "Meu Deus, como sofre esta criança".

Na mala de roupas não constava uma peça para o sono de Cassandra. Um pijama de Celina completou a noite de empréstimos.

Nilce ensinou-lhe a oração, deu-lhe um beijo e deixou a pequena nos sonhos da primeira noite.

Celina deixara o quarto róseo e foi ao lado da vovó que adormeceu. Seu coração bondoso, cultivado pelo amor dos pais, logo encontrou os espíritos dos avós, num lindo jardim.

Despertou alegre e tudo relatou, no horário da primeira refeição. Cassandra tudo ouvia como uma história, nada entendia do lado espiritual.

Depois, outra preocupação para a família do médico, a escola. A vovó Leonor ficou encarregada da revisão através dos livros de Celina, pois iriam juntas à mesma escola.

Túlio estava pensativo se preparando para sair, quando Nilce falou:

– Túlio, deixe-me na cidade, vou resolver logo o problema das roupas, voltarei de táxi.

Ele fitou a esposa:

– Você aceitou tudo sem interferir. Eu estou preocupado com esta filha adotada, alterando nosso viver e querendo tudo de Celina. Até quando, Nilce?

Ela beija o marido:

– Volte a sua rotina de médico, encontrará sempre o meu amor à sua espera. Deixe este problema que mamãe me ajudará, defendendo nossa filha.

Túlio segurou a esposa em seus braços e brincou:

– Não posso beijá-la, está com muito batom.

– Não seja por isso, retirarei tudo.

E trocaram um grande beijo.

– Vamos, Nilce, tenho reunião no Hospital com o diretor e todos os médicos.

QUADRAS DA VIDA

NILCE, JÁ CONHECIDA na loja de roupas infantis, resolveu tudo ao seu gosto. Aproveitou o dia e dirigiu-se à escola de Celina a fim de matricular Cassandra e ver o uniforme.

Brincou com a diretora:

– Arranjaram-me esta tarefa extra, não posso prejudicar a criança.

E ouviu da amiga:

– Nilce, aconselho que deve colocar o nome dela Sandra, para evitar trocadilhos que magoe mais a menina e talvez ela se sinta mais confortada. Vamos bordar nas blusas, espere que já resolvo com a bordadeira.

Nilce sentou-se, agradeceu a Deus as resoluções dos problemas e refletiu: "ótima ideia, direi à Cassandra que o nome era muito grande para ser bordado e todos a chamarão de Sandra, já quebramos mais um tabu. Eu sinto que vai ser uma batalha este período lá em casa. Portanto, meu Jesus, permita que sejamos auxiliados pelo seu amor".

ENQUANTO ISSO LÚCIO e Selma já usufruíam os ares espanhóis. Lúcio, entretanto, sentia que a esposa estava mais alegre, tudo queria aproveitar, aparecer em todos os recantos e um dia ele resolveu perguntar:

– Selma, vamos devagar, estou aqui para estudar planos da filial.

– Ah! Lúcio, esquece, e a filial, chega a que temos. Seu pai dizia: "A riqueza exagerada destrói vidas". Vamos viver outra lua de mel.

Neste clima, Lúcio foi envolvido e viveram esquecidos do resto da família. Um ano transcorreu sem notícias. Túlio, preocupado, foi à imobiliária e soube que o casal estava em lua de mel e que Lúcio desistira da filial. Em breve regressariam.

Túlio refletiu: "a filha está amparada, os negócios imobiliários progredindo, para que se preocupar em dar notícias".

Chegou tristonho em casa, mas recebeu carinho reconfortante.

DURANTE AQUELE ANO, Cassandra demonstrou a transformação dos sentimentos. Túlio dizia:

– Eu creio que esta criança será nossa hóspede permanente. Os pais se esqueceram dela e ela dos pais.

Nilce, atenciosa:

– Ela ficou no quarto de Celina, organizamos o outro igual para não haver mudanças. Ela sente nosso carinho e seu coração despertou o amor. Ela e Celina são amiguinhas, até nos estudos, mas sempre observadas, pois não sabemos o fundo do passado adormecido. Agora, vou alertar você para outro aspecto, ela não tem traços de sua família, puxou forte o moreno da Selma, parece-me uma espanhola mirim. E onde estão os pais de Selma? Na Espanha?

– Nunca eu soube – e rindo brincou – Nilce, arranjamos um pecado. Meu irmão não é observador neste ramo.

E o lar abençoado pelo amor continuava dando coragem para Leonor e Nilce educarem a pequena Cassandra, que estava mais tranquila como Sandra, mas sempre dizia:

– Quando crescer vou mudar meu nome. O titio disse que poderei.

TRÁGICA NOTÍCIA

TRÊS ANOS SÃO decorridos de silêncio, sem notícias para a família. As meninas estão unidas cursando o final do primário e Cassandra não mais ouviu ser chamada assim. À proporção que se desenvolviam se acentuavam dois tipos diferentes em beleza. Celina, loura e suave. Cassandra, linda espanhola, não negava, adorava as músicas e danças. Um dia Túlio disse:

– Nilce, nosso pecado aumenta de peso com o passar dos anos.

Dona Leonor, que também observava tudo, completou:

– Eu também sinto este aumento – e os três acabaram rindo.

Porém, um telefonema da imobiliária terminou com a brincadeira.

Túlio atendeu e exclamou:

– Não é possível, irei até aí – desligando murmurou: – Nilce, temos novidades trágicas. Sustente o barco, a vela e o remo que o vento é forte.

Chegando à imobiliária, logo se dirige, aflito, ao gerente também angustiado.

– Doutor Túlio, gravei este trecho na própria voz, depois apagarei. Recebi pela manhã e já providenciei os documentos.

– Ligue a gravação – e a voz de Lúcio ecoou:

"Rubens, assuma toda a direção da empresa, não voltarei tão cedo. Estou envolvido num crime e minha mulher morta e enterrada. Procure meu irmão e peça que reze muito por mim. Suplico sua amizade, pedindo coragem".

As lágrimas vieram aos olhos de Túlio e ele sentiu a aproximação do velho pai. "Filho, tenha coragem, ampare seu irmão, inocente, mas assumiu o crime".

Despertaram com outra voz:

– Doutor Rubens, todos os documentos e cópias, conforme pediu.

– Doutor Túlio, irei à Espanha no voo da manhã, pois sou advogado criminalista, trabalho aqui por amizade.

Túlio estava perplexo:

– Iremos juntos. Vou ao hospital comunicar minha ausência. Seguiremos no mesmo voo.

Nilce, pela primeira vez sentiria a ausência do marido e tudo compreendeu, porém, a verdade só a mãe Leonor sabia. Aquele lar, sem a presença de Túlio ficou triste. Nilce e a mãe procuravam, sempre, motivos para alegrar as crianças. Um dia, Celina disse:

– Coitado do papai, está atrapalhado com o titio.

Nilce sentiu lágrimas e beijou Celina.

Entretanto, Cassandra não sentia falta da presença do tio, pois seu coração não conhecia saudade e as novidades da escola preenchiam seu tempo, assim os dias seguiam seu roteiro.

AO CHEGAREM À Espanha Túlio e Rubens localizaram Lúcio e o encontro entre os irmãos foi emocionante na presença do delegado. Os dois se abraçaram enquanto Lúcio derramava copiosas lágrimas. Depois o esclarecimento. Aguardava julgamento.

Por ela ser espanhola tudo correria na Espanha, onde fora enterrada pelos tios, pois os pais já tinham falecido há muito e ela não comentara.

– Túlio você nunca me respondeu às cartas, por quê?

– Jamais recebi uma carta durante estes anos de ausência. Era com o Rubens que recolhia notícias.

– Ah! Então ela lia minhas cartas e as rasgava, em vez de colocar na mala postal do hotel.

– Esqueça este quadro. Vamos ao seu relato na presença de Rubens, seu advogado.

Lúcio inicia:

– Eu observei que Selma estava muito alegre desde que chegamos. Um dia ela desligou rápido o telefone quando eu chegava. No dia da tragédia eu iria me encontrar com velho amigo, Heitor, que reside há muito aqui. Avisei a Selma e disse-lhe que o dia estava livre para visitar os parentes. Túlio, o destino preparou no mesmo restaurante o cenário. Quando cheguei, escolhi uma mesa discreta, pois queria conversar à vontade com meu amigo. Ele chegava e nos abraçamos, quando me sentei novamente, pedindo-lhe: "Não sente". Ele se assustou, mas depois compreendeu. Selma chegava feliz, acompanhada por elegante espanhol. Entretanto, uma senhora muito bonita os seguia, e na entrada, abriu a bolsa e retirou um revólver apontando para o casal que ficara estático. Eu me levantei rápido, tentando evitar o disparo, porém, o tiro saía atingindo Selma. Consegui reter a arma desviando o segundo, que atingiu a parede e amparei a autora entre lágrimas. Selma morria nos braços do amante e me chamava. O segurança da casa recebia a arma das minhas mãos. Eu, aturdido, me aproximei de Selma e ouvi: "Lúcio, a filha é dele", e se desligou do mundo terreno. Eu me sentia perdido e apenas disse ao amante: "faça o resto, é seu dever". E voltei-me para a autora do crime que também me dizia: "Era sua mulher, mas amante do meu marido há anos. Tenho três filhas. Vim aqui para matar os dois e acabar com meu martírio". Eu completei ainda confuso: "quem atirou fui eu. A senhora mataria os corpos e uniria mais os espíritos". Chegava a ambulância tardiamente, pois Selma já estava morta. Logo a seguir chegaram os policiais e me entreguei dizendo que ela era mãe de três filhas e que a deixassem em prisão domiciliar.

Lúcio, em lágrimas, completou:

– Túlio, foi para isso que vim à Espanha? Selma me arrastou porque estava com saudades dele.

O advogado Rubens que tudo ouvia deu sua palavra:

– Lúcio, vamos aguardar o julgamento e pedirei sua transferência para seu país, junto da família.

Todavia, a palestra foi interrompida por um ilustre senhor espanhol que se apresentou como advogado criminalista, doutor Cristovam:

– Sou o advogado de Consuelo Fernandez que se declarou por escrito ser a autora do crime e os verdadeiros motivos. Entretanto, os dois irão a julgamento, pois tiveram testemunhas do crime. A senhora Consuelo agradece-lhe o pedido da prisão domiciliar e por evitar o segundo tiro. Dom Fernandez ama as filhas e a esposa, porém, a tentação do passado o perturbou novamente. O senhor fique tranquilo, aguardando sua liberdade.

Rubens e Túlio ficaram gratificados com o advogado que se despedia deixando a esperança. Num longo abraço, Túlio se despediu do irmão, porém, estaria presente no julgamento.

Ao chegar ao aeroporto Túlio sentia-se exausto, fora um relato violento para seu ritmo de vida. Estava ansioso para receber conforto no carinho dos seus. Acomodou-se no avião, fez sua prece e adormeceu a viagem toda. Despertou com um passageiro brincando:

– Estava exausto, amigo. Já chegamos, precisa de ajuda?

– Ah! Obrigado, já estive pior.

... ♡ ...

NILCE RECEBEU O marido e assustou-se com seu aspecto, perguntando carinhosa:

– O que houve, Túlio? Como está abatido!

– Nilce, nosso pecado foi aliviado com a realidade. Lúcio aguardará o julgamento. Precisamos ocultar, por ora, a morte de Selma.

– Vai descansar primeiro, depois ouviremos tudo. As crianças estão na escola, mamãe foi buscá-las.

Túlio, sentindo-se no lar, atirou-se na cama e se esqueceu das horas. Nilce, carinhosa, foi chamá-lo para o jantar e despertou-o com um suave beijo. Ele ergueu a mão puxando-a para ficar ao seu lado uns instantes.

– Nilce, enfrentaremos um grave problema. Lúcio não ficará com a criança, ela tem seu verdadeiro pai na Espanha. Não podemos dizer que Selma morreu e que Lúcio não é seu pai. Resultado: ela deverá continuar aqui até a maioridade. Para não a magoar ainda mais não poderemos remetê-la como simples encomenda postal.

– Lúcio recebeu violento choque com a morte de Selma e a revelação sobre a filha. Este período na prisão vai afetar-lhe a saúde, voltar ao lar levando a realidade vai destruí-lo intimamente.

– Por quê, Nilce? Este drama destruindo nossa paz?

As lágrimas vieram aos olhos do grande médico.

– Túlio, vamos enfrentar a batalha com amor, quem sabe não será dívida de algum passado? Tivemos o período de paz e amor para nos fortalecer nesta quadra terrena. Ajudaremos Cassandra na orientação espiritual, defenderemos nossa Celina do ódio e vingança, pois me parece muito ambiciosa e um tanto egoísta. Quando adquirir a maioridade tomará conhecimento do verdadeiro pai e irá para seu lado. Vamos continuar nossa vida, confiantes no auxílio espiritual.

Túlio se ergueu, beijou a esposa e juntos compareceram na sala. Celina correu para beijar o papai enquanto Cassandra observava. Ele se aproximou e beijou a pequena indagando:

– Não gostou de minha volta, Sandra?

Ela, silenciosa, retribuiu o beijo e depois:

– Meus pais?

– Depois o titio conversa com você. Vamos jantar que estou com saudades desta comidinha gostosa.

De repente, Cassandra diz:

– Eu sei que a minha mãe morreu e o papai está doente. Eu vou continuar aqui!

Nilce se alarma:

– Sandra, o que é isso?

– Sonhei com a mamãe, tinha muito sangue na roupa e me dizia: "Cassandra, adeus, você continuará aqui". Por que o sangue na roupa?

Dona Leonor socorre:

– Ah! Menina, foi um assalto no restaurante em que seus pais estavam. Não é hora para este assunto, já rezamos para nosso jantar.

Celina se levantou, chegou perto e beijou-a:

– Não fique triste, nós gostamos muito de você.

Os olhos negros de Cassandra foram iluminados por uma lágrima. Túlio agradece à sogra o socorro oportuno com o olhar. A cozinheira entra em cena trazendo mais um prato.

– Doutor Túlio, temos o pudim que o senhor gosta.

Ele sorriu à bondosa dona Francisca.

···♡···

ENQUANTO ISSO, NILCE refletia "meu Deus, mais essa, a presença espiritual de Selma, espírito. Que encontre um caminho de luz e paz em seu recanto espiritual".

Ela sentiu fluidos suaves e Celina, alegre, diz:

– Mamãe, o vovô está sorrindo, perto do papai.

Túlio contemplou a filhinha, a luz do seu destino e do seu amor, pediu-lhe:

– Celina, na hora do pudim você vai distribuir as fatias que a mamãe cortará.

Todos esperavam mais uma lição de amor. A primeira fatia deu a Cassandra, ela se emocionou beijando-a. Depois, vovó, papai e mamãe.

– Agora, mamãe, uma fatia bem grossa para mim e outra para Francisca.

O JULGAMENTO

TÚLIO RECEBEU O aviso do julgamento regressando à Espanha. O debate foi emocionante e o promotor indaga a Lúcio:

– Sua acusação para quem praticou o crime matando sua mulher.

Lúcio estava tranquilo, apesar de abatidíssimo.

– Foi tudo surpresa para mim. Ela não precisava matar, pois matou o corpo e não o espírito, que é imortal. Resolveríamos tudo em paz, pois regressaríamos ao país de nossa origem.

Consuelo se ergueu:

– Peço perdão a Deus, mas não me lembrei do "não matarás", no meu desespero, pois amo meu marido com todos os seus erros. Ele é pai extremoso de três filhas.

Dom Fernandez se emocionou em público e para surpresa de todos, Consuelo estava absolvida, apesar de sua consciência ficar presa no ato praticado. Emocionada foi abraçar Lúcio e pedir-lhe perdão. Lúcio disse-lhe "conselho do meu pai: alimente sempre o amor e o perdão entre todos".

TUDO ENCERRADO, LÚCIO recebeu o abraço do irmão e ambos se retiravam quando o doutor Rubens chegou:

– Túlio, eu sigo com Lúcio e aguardaremos você no carro, pois dom Fernandez e seu advogado pedem uns minutos.

Paciente o médico aguardou.

– Doutor Túlio, o assunto deveria ser com seu irmão, mas sei que minha filha está sob sua guarda, conforme foi aclarado. Meu advogado Lorenzo tudo fará. Vou reconhecer minha filha e trazê-la para minha família.

O médico sentiu que a palestra seria longa, pediu licença e se sentou, o que foi imitado. Pensou no velho pai que tanto orientou os filhos e expos sua opinião.

– Dom Fernandez, sou médico. A pequena está numa fase da juventude. Detesta o nome que recebeu e pretende mudá-lo na maioridade. Meu irmão recusa zelar por ela, continuará, portanto, comigo. Não posso remetê-la, como simples objeto, pois manifesta rebeldia em muitos atos e eu procuro orientá-la. Ela sabe que a mãe morreu, pois sonhou dando-lhe adeus, mas trazia na roupa manchas de sangue. Esclarecemos que foi um assalto no restaurante, ocultando desta forma a realidade, e espero que o senhor mantenha essa versão. Aguarde a maioridade, diremos toda a verdade sobre seu pai espanhol, ela aproveitará e mudará o nome a seu gosto. E completo: será perigosa no momento esta transformação brusca, a morte da mãe e a realidade de outro pai. O senhor poderá visitá-la, como um tio, se quiser, mas aguarde a maioridade. Meu pai deixou--lhe recursos financeiros em apólices nominais. Outro problema é perante meu irmão, não sendo o verdadeiro pai. Vamos, portanto, aguardar a calmaria do mar revolto.

Com todo este esclarecimento, dom Fernandez e o advogado compreenderam que a decisão do médico estava certa. Trocaram endereços, aguardando a corrida do tempo que segue arrastando os dramas do viver terreno.

REVELAÇÕES

OS ANOS CORRERAM cada qual conquistando novas lições do viver de acordo com seus sentimentos. Numa linda tarde de setembro, Túlio diz à filha:

– Celina, haverá o baile da primavera com jovens que completam quinze anos. Você quer ir?

– Ah! Papai eu não quero, prefiro estudar para as provas.

Cassandra, comenta, alegre:

– Titio, eu quero, adoro dançar.

– Está bem, pedirei ao seu pai para acompanhá-la.

Cassandra, irônica:

– Eu tenho pai?

Túlio está cansado com as ironias dela e responde:

– Você? Tem até dois.

Ela entendeu, como sendo Lúcio e ele e assim ficou. Nilce, sorrindo, abraçou o marido e segredou:

– Que susto levei, seria este o momento?

E voltando-se para Cassandra:

– Vamos ver então seu vestido.

– Ah! Titia, eu quero vermelho.

Nilce se assusta:

– Não, filha, escolhe outra cor, um tom rosa fica-lhe muito bem.

Celina parecia adormecida na poltrona e o pai chamou por ela:

– Papai, eu apaguei de repente, será cansaço?

O pai se aproximou e ouviu:

– Que visão estranha: ela estava dançando em cima de uma mesa, cercada de homens. Estava com um vestido vermelho e uma rosa nos cabelos.

– Celina vá se deitar e procure dormir. A vovó ficará ao seu lado e tome um copo de suco de frutas. Tenho que reservar o convite para a Sandra e comunicar ao papai Lúcio.

... ♡ ...

ENTRETANTO, AO ANOITECER, chega um objeto registrado da Espanha. A expectativa é grande entre todos, já preparados para uma explosão. Cassandra abre e vê um riquíssimo conjunto de colar e brincos, no qual o rubi está cintilante. Ela empalidece e abre o cartão:

"Cassandra, comemorando sua primavera, enviamos este presente. Do titio Carlo Fernandez".

O silêncio envolve a todos, mas Cassandra grita:

– Que horror! Parecem gotas de sangue no vestido da mamãe.

E o copioso pranto abala seu coração jogando tudo sobre a mesa.

Ela acabava de receber também as últimas vibrações de sua mãe, pois estava com aquele conjunto, último presente do amante. Nilce recolhe as joias colocando no estojo e procura acalmar a jovem:

– Cassandra, é um presente riquíssimo. Guarde tudo no fundo do seu armário, talvez um dia lhe seja útil.

Ela recolhe as lágrimas e indaga:

– Quem é esse tio que só agora me aparece?

– Sua mãe era muito reservada, não sabemos dos seus parentes espanhóis. Agora despertaram com a morte dela. Vamos escolher seu vestido para que esteja muito bonita em seu primeiro baile.

Túlio estava absorto com as reações e pensava: "como receberá a realidade paterna? E eu serei o porta-voz".

··•♡•··

DIAS DEPOIS, TUDO havia sido esquecido e veio a alegria do baile. Nilce fez tudo para que Cassandra estivesse linda. Os dois irmãos se encontram e Túlio pede:

– Lúcio, por favor, todos estes anos fui o pai adotivo número dois, agora é sua vez. Ofereça o sacrifício em troca de muita paz e luz para os sofredores. E prepare-se para a realidade paterna, pois talvez seja violenta.

Ao terminar o baile, Cassandra estava exausta, porém feliz do seu sucesso como princesa da festa. Aproximou-se de Lúcio, dando-lhe um beijo:

– Obrigada, papai.

Aquele "papai" ressoou no seu coração como se um espinho o ferisse, porém ele era o padrasto. Segurou-lhe a mão e levou-a de volta para casa do irmão, continuava, assim, transferindo sua responsabilidade.

··•♡•··

E A VIDA continua...

As folhinhas arrancadas, as estações climáticas seguindo seu curso e as águas dos rios levando canções dos corações humanos que lutam para conquistar felicidade efêmera. As jovens terminaram mais uma etapa da instrução terrena. O pai indaga a Celina:

– Filha, já escolheu novos estudos preparando o seu futuro?

– Ah! Papai, quero viver ao lado dos meus pais, da vovó e esperar meu príncipe. Quero estudar pintura.

Cassandra entusiasmada:

– Titio, eu quero estudar teatro e já sei a escola, adoro representar personagens.

Celina lembrou-se da visão: "o passado dela despertava, onde fora bailarina e morrera exausta da vida de luxúria".

Agora, tudo recebia para viver como jovem digna de um único lar. Todavia, as centelhas do passado cintilavam atraídas pelo seu pensamento. Celina observava também que era muito vigiada, quando algum rapaz se aproximava Cassandra se infiltrava e desviava o pretendente, era outra qualidade que despertava.

MAIORIDADE

CELINA AOS 18 anos era uma exímia pintora. Seus quadros eram lindas paisagens. Não os vendia, doava todos sempre que orfanatos, igrejas, centros religiosos solicitavam auxílio. Cassandra, por sua vez revivia seu passado. Era uma artista, representando personagens.

Um dia ela pediu:

– Tio Túlio, ajude-me na mudança do meu nome, pois não quero este em cartazes de propaganda do meu trabalho.

– Já escolheu o novo nome? Mas antes terá que resgatar as apólices nominais.

– Eu resgato e deixo o dinheiro na imobiliária com o papai, quando precisar, sei onde recolher.

– Está bem, vamos comunicar também ao seu tio Fernandez, pois terá algo de sua mãe.

– Tudo bem, eu escolhi o meu nome. Será Greta Navarro.

Celina gritou:

– Não! É o seu passado.

Todos olharam assustados para Celina que continuou:

– Selma te implora!

Túlio correu ajudando Celina a se desligar do espírito de Selma. Abraçou a filha e fez uma oração. Celina despertou e murmurou:

– Papai, preciso me desligar da tia Selma.

Ele beijou a filha, e disse que ela não voltaria. Voltou-se para Cassandra e falou:

– Olhe, vamos aguardar seu tio espanhol para esta mudança.

Cassandra fica assustada com as expressões de Celina e pergunta:

– Titio, será que em vidas passadas eu fui tão tenebrosa assim?

– Filha, o esquecimento do passado é uma bênção divina para que possamos seguir a estrada com os clarões que recebemos, para novos caminhos. Não iremos repetir os mesmos erros, embora tenhamos alguns reflexos de que não conseguiremos nos libertar. Você está atraindo este passado, o espírito de sua mãe está aflito. Ela tenta ajudá-la e sofre por causa do abandono na infância, na falta da orientação espiritual.

··· ♡ ···

Os MESES SEGUIRAM tranquilos até que o dia determinado para a reunião familiar chegou. O dia do esclarecimento paterno. Túlio pediu que Celina e a sogra não figurassem nesta reunião. Solicitou a dom Fernandez que cuidasse das palavras, a fim de evitar transtornos. Contudo, ele tinha estilo próprio e esqueceu o aviso do médico, foi direto ao assunto, depois das apresentações.

– Cassandra, eu sou seu verdadeiro pai e Selma sua mãe.

A jovem sentiu como se despencasse num abismo e gritou:

– Além do nome terrível, sou filha adulterina?

Lúcio interferiu, sentindo o desespero dela:

– Cassandra, espere. Casei-me com Selma sabendo que estava grávida e que fugia da Espanha na tentativa de ocultar o erro da juventude, pois o seu pai era severo. Eu criei você como filha, contenha-se nesta revolta e compreenda a aflição do espírito de sua mãe.

Como num milagre, ela se acalmou e Lúcio continuou:

– Agora, você trocará seu nome completo.

Para o assombro de todos, ela ergueu a voz:

– Renego este pai! Quero continuar sendo sua filha, pois amparou minha mãe na aflição e desespero.

Lúcio empalideceu, sua mentira virou-se contra ele.

Túlio ficou perplexo, pois julgara que correria para a Espanha, junto da família real, e a paz retornaria ao seu lar.

Dom Fernandez, sentindo-se ofendido pergunta:

– Cassandra, é a sua última palavra? Perderá parte de minha fortuna. Estou oferecendo a você uma família, três irmãs e uma nova mãe.

– Volte para suas filhas, goze sua fortuna e me esqueça para sempre!

Doutor Túlio assistia paralisado, despertou com último grito e clamou:

– Cassandra! Respeite seu pai que lhe pede perdão pelo passado. Ele não sabia de sua existência, só ao morrer que Selma revelou. Ele oferece a você o amparo ao lado dele, uma nova família.

Ela começou a soluçar e se retirou da reunião.

O advogado Lorenzo, silencioso, contemplou dom Fernandez, pálido, que estende a mão ao doutor Túlio agradecendo-lhe e se retira, quando o médico também, aturdido pelo impacto lhe diz:

– Dom Fernandez, desculpe-me, mas errou indo direto na ferida oculta. Vou tentar esclarecer, quando estiver mais calma.

Ele tentou um sorriso e se dirigiu a Lúcio:

– Peço-lhe perdão pela dupla decepção: a morte de Selma e a permanência da filha que não pertence ao senhor.

Lúcio e Túlio estavam confusos assistindo o fracasso de um homem riquíssimo, destroçado pela filha que esperava resgatar e que provou mais uma vez a revolta íntima na explosão das palavras. Despertaram com a voz de Nilce:

– Todos estão perdidos, esqueceram-se até de minha presença.

Carinhosa beija a face do marido, segura a mão de Lúcio e diz:

– Deus nos dará forças para prosseguir na estrada terrena. Vamos juntos carregar a mesma cruz.

Entretanto, Cassandra continuaria na residência de Túlio, e Lúcio o pai fantasma. E a vida continua arrastando os traumas de um longínquo passado.

CALMARIA

DEPOIS DO REGRESSO de dom Fernandez, magoado com a filha, não mais se falou no assunto na casa do doutor Túlio. Aproximava-se o fim do ano e a formatura de novos médicos alvoroçava os corações das moças, pois haveria o grande baile no clube. Túlio estava em seu recanto no hospital, quando recebe a visita da colega doutora Magnólia, mais conhecida como Mag.

– Túlio, que felicidade ver meu filho Frederico formado. Faço questão do seu comparecimento levando a Nilce e sua princesa Celina, a paixão do meu Fred.

– Mag, terei que levar Sandra, também, senão haverá conflito. Ela declarou ao verdadeiro pai a preferência de ficar com Lúcio, casado com a sua mãe, entretanto, ele não assumiu seu papel de padrasto. Eu não posso expulsá-la e assim vai usufruindo do meu lar, até quando eu não sei, pois nunca mais falou no pai espanhol.

Túlio suspirou, como pedindo forças aos céus e Mag continua:

– O seu irmão não procurou outro casamento? Tantos anos são passados. Você me desculpe, porém acho-o um egoísta, transferindo para você a responsabilidade de Sandra.

– Ele vive engolfado no trabalho, tem uma colega que gosta dele e espera uma resolução, por ora são bons amigos. Olha, minha amiga, se não fosse espírita, não suportaria a presença de Cassandra no meu lar. Que dívida é esta ou estou errado assumindo esta responsabilidade? Não quero magoá-la e meu irmão não se manifesta.

– Túlio, quem sabe ela foi ao seu ambiente para receber novas luzes, orientações espirituais para seu espírito carente. Ao seu lado a gente respira amor, paz e respeito.

– Imagine só, agora quer ser artista famosa. Vive lendo, procurando enredos para representar. Já esclareci que muitos dramas pesados podem acarretar prejuízos para sua formação espiritual. Adora personagens fatais, enredos fortes. Eu faço o possível, mas não sei o seu aproveitamento. Estou cansado, procuro dar-lhe esclarecimentos e ela finge aceitar.

··· ♡ ···

E A NOITE do baile chegou enchendo de sonhos os corações das moças. Celina estava linda, suave no seu vestido azul. Cassandra, deslumbrante no tom cereja exigido por ela, pois mentalmente queria ser a rainha da noite. Até uma tiara de pedras de fantasia trazia na cabeça, onde os negros cabelos se destacavam. Logo na primeira dança o jovem Frederico se aproxima e leva Celina para o salão. Cassandra se ofende com a preferência, arranca a tiara e joga-a pela janela. Nilce se assusta e fica alerta:

– O que é isso, filha? Eu guardaria para você.

– Ah! Está me doendo na cabeça.

Quando vai se sentar, um jovem se aproxima e galante:

– Permita-me uma dança com jovem tão linda?

Ela sorri e aceita, mas já tendo um plano. Faz tudo para se aproximar de Celina que dança feliz. Pede ao seu par:

– Fábio, quero fazer uma brincadeira com minha prima, na hora da mudança do ritmo, vamos trocar de par.

O rapaz ingênuo, não sente a maldade e aceita. Celina e Fred estão envolvidos nas ondas do mais puro amor quando são arrebatados trocando os pares e agora Cassandra, feliz, está nos braços de Fred que clama:

– Fábio, isso não se faz – mas continua dançando envolvido no perfume dela.

Celina, entretanto, sente outro quadro e pede ao rapaz que a leve até sua mãe, pois está cansada. Só aí Frederico desperta. Em seus braços a vibração é outra, mais vibrante. Ela está vitoriosa, faz de tudo para seduzir o rapaz com sua beleza. Chega a fingir cair e quase o beija. Celina de longe tudo vê e comenta com a sua mãe:

– Mamãe, vou me afastar do Fred enquanto é tempo. Ela faz tudo para afastar meus namorados.

– Celina, temos uma rival em casa que alimentamos com tanto carinho.

Terminada a valsa, Túlio se aproxima da filha, preocupado.

– Papai, vamos embora, estou cansada.

Frederico traz Cassandra e troca um olhar amoroso com Celina:

– Celina, vamos passear no jardim?

– Desculpe-me, Fred, já vou me retirar.

Cassandra sorri e intercala:

– Eu substituo Celina neste passeio.

Frederico vai responder, mas a voz do pai chega antes:

– Sandra, vamos todos, é tarde, tenho deveres no hospital. Boa noite, Fred. Dê um grande abraço em sua mãe por todos nós.

Cassandra se vira para Fred e beija-lhe na face:

– Obrigada pelas duas valsas, adorei.

Frederico fixa saudoso a silhueta de Celina se afastando.

"Não posso perdê-la, quero que seja minha esposa".

O resto da noite Cassandra, no seu quarto, sorria feliz.

"Este, priminha, será meu, já vou me preparar para a conquista".

FLECHAS DO PASSADO

CELINA E FRED se amavam a distância, não mais se encontraram depois do baile. Certa noite a doutora Mag e o filho surgem na residência de Túlio que ainda brinca:

– Ora, acabamos de jantar, não avisaram.

Todavia, dois corações são acelerados pelos eflúvios do amor e uma agradável palestra surge. De repente Mag diz:

– Túlio e Nilce, não aguento mais este filho perdido de amores por Celina, por isso resolvi substituir o meu falecido marido e pedir-lhes a mão de Celina em casamento para ele.

Os pais olharam Celina levemente ruborizada e Túlio pergunta-lhe:

– Filha, você está de acordo?

Ela, feliz, balança a linda cabeça e cruza o olhar com Fred. Naquela noite, Celina recebeu a aliança de noivado e um suave beijo do noivo. Ela com vinte e uma primaveras e ele com vinte e cinco. Entretanto, numa porta semiaberta uma cobra espreitava aquela cena amorosa e refletia: "Até casamento se desfaz, noivado será mais fácil. Fred, querido, você será meu".

De repente, doutora Mag indaga:

– Onde está a hóspede de vocês?

Túlio sorri:

– Depois do jantar ela se recolhe no quarto para estudar novas peças teatrais. Vocês querem assistir? Nós preferimos as cenas no próprio lar.

– Eu agradeço-lhe o convite, mas prefiro minhas reuniões espirituais. Fred, vamos, vocês terão muito tempo para o amor com a bênção dos pais.

··· ♡ ···

OS MESES SE passaram no preparo do enxoval, mas Celina andava tristonha e Nilce indaga:

– Filha, não está feliz?

– Estou, mamãe, eu amo o Fred, mas esta aceitação silenciosa da Sandra me inquieta. Tenho medo dos seus pensamentos secretos. Sou capaz de cancelar o casamento para viver em paz.

– Não, filha, vocês poderão morar noutra cidade. O Fred arranja um curso de aperfeiçoamento no exterior. Ele te ama filha, e a Mag será uma segunda mãe para você. Vamos rezar juntas, pedindo a Jesus a proteção espiritual para vocês.

Todavia, no exato momento desta conversa, o doutor Frederico se assusta com a chegada de Cassandra no seu consultório da cidade, que ainda estava organizando com o colega Fábio.

– Sandra, algo errado com Celina?

Ela, tranquila, passa a chave na porta e se dirige a ele:

– Fred, esqueça Celina. Eu te amo. Serei sua para sempre. Entrego meu corpo ao seu carinho.

O jovem médico fica horrorizado com as expressões e diz:

– Sandra. O que é isso, garota? Que expressões fatais.

Ela se ajoelha diante dele e suplica:

– Fred, aceite o meu amor.

E logo a seguir se ergue para abraçá-lo, exibindo sua beleza espanhola. Ele está pálido, abre a gaveta e retira um revólver, que sabe estar desarmado e aponta para ela enquanto se afasta mais e diz:

– Sandra, se não entende minhas palavras, veja se agora obedece. Eu amo Celina, recebo você como irmã, respeitando toda família. Desperte desta loucura. O Fábio gosta de você e o doutor Augusto também. Não sou o único homem da face da Terra. Você será feliz também.

Ela olha a arma firme na mão dele, lembrou-se da mãe e o sangue na roupa, recuou e disse-lhe agressiva:

– Homem nenhum me repudia, me humilha quando ofereço amor. Você vai se arrepender amargamente doutor Frederico. Aguarde.

Alguém força a porta fechada, ela desperta, se recompõe e sorridente avisa:

– Aguarde, doutor!...

E abre a porta com a maior naturalidade.

– Olá, Fábio! Estou saindo.

Fábio vê o colega com a arma, procurando guardá-la, mas observa que está pálido e aflito, e pede:

– Tranque a porta, Fábio.

E trêmulo procura se sentar, relata tudo ao outro, alarmado.

– Fred, ela tem um violento obsessor do passado. Você está trêmulo e pálido. Tome esta água, vamos fechar o consultório, eu levarei você em casa. Não temos clientes, ainda, basta os do hospital.

– Fábio, não é obsessor, é o passado dela que aflora. Segundo a mamãe, ela foi destruidora de homens. Bendita arma, sem balas, lembranças do papai que me dizia: "esta não mata, mas assusta".

– Quer um conselho de amigo? Apresse seu casamento com Celina. Faça uma especialização no exterior em plena lua de mel. Eu continuarei no hospital e alugaremos este consultório, por ora.

E saíram levando o segredo.

O CASAMENTO

FREDERICO GUARDARA SEGREDO sobre o encontro com Sandra, nem à mãe revelara com receio que levasse até Celina e, assim, prejudicasse seu casamento. Entretanto, Celina era uma sensitiva e já recebia a influência maléfica, o que motivou a simplicidade no vestido de noiva, e não levaria um buquê, mas o terço da vovó, que tanto a protegia da espiritualidade. Quando Celina entrou no salão, levada pelo pai, ele segredou:

– Tenha confiança, vocês serão felizes e aguarde um presente.

Depois da realização da cerimônia, Sandra se aproximou:

– Celina, eu esperava o buquê! E que vestido simples, nem parece filha de um grande médico.

Celina sorriu e ergueu, brincando, o terço:

– Olha meu buquê.

E fica espantada ao ver Sandra se afastar, procurando Fábio.

Na hora do bolo, doutor Augusto brinca:

– Só darei esse envelope se eu receber a primeira fatia.

Celina, feliz, beija-lhe a face:

– Meu beijo é a primeira fatia.

Fred tudo observa e notando que Sandra não se dirigiu a ele, julga tudo esquecido. Recebe o envelope e abre:

– Ora, em plena lua de mel mandam-me estudar no exterior?

O doutor Augusto ressalva:

– Foram três os classificados, receba, portanto, esta oportunidade sem observar o período.

Túlio com o olhar agradece a colega Mag, pois assim Celina ficaria dois anos longe da presença de Sandra. Seguiram viagem levando saudades e votos de felicidades. Sandra não assistiu o embarque, parecia afastada com a vibração do terço, mas no seu coração algo germinava. Nilce fechou o quarto de Celina para que retivesse o amor de todos e para evitar a presença de alguém no local. Sandra continuava engolfada nos livros e nas representações. Pouco aparecia em casa.

Um dia, dona Francisca na cozinha comentou com dona Leonor:

– Eu não gosto quando ela fica misteriosa, tenho medo dos pensamentos desta criatura. Será que não recebe um raio de luz do amor de Jesus?

Dona Leonor retorna:

– Ah! Francisca, ela vive para o teatro e se esquece de que ela própria é uma peça teatral para todos nós.

DOIS ANOS DE plena felicidade correram para Celina e Frederico. Eles ficaram alojados na residência do tio Artur, que exercia a medicina em um hospital inglês. Era um ambiente tão sublime que sentiam deixar aquele oásis terreno. Todavia, a saudade do seus também era grande. Um dia, Celina manifestou sinais de gravidez e logo recebeu assistência e roupinhas para bebê. Celina alegre dizia:

– Se for menina será Thaly, adoro este nome. E se for menino receberá o nome do titio inglês, lord Artur.

E a doce felicidade agasalhou o casal. Permaneceram mais cinco meses na Inglaterra, embora os tios pedissem que tivessem o bebê com eles. Mas o coração de Celina queria o papai Túlio recebendo a pérola do céu. E partiram deixando um rastro de saudade.

O RAPTO

SANDRA, QUANDO SOUBE que Celina retornava, tratou de pôr em ação seus tétricos pensamentos. A primeira fase seria a ausência do local. Ausentou-se dizendo fazer pesquisas no interior, a fim de levar suas peças teatrais, mas o estudo era outro. Pouco aparecia em casa, mas sabia de tudo referente ao casal pelas conversas que colhia. Ficariam na residência da doutora Mag e o papai Túlio prestaria toda assistência médica. Sandra conhecia todos os compartimentos do hospital. Os meses correram tranquilos, até que chegou o grande momento. Na sala de parto Celina de repente fala:

– Papai, prepara a cesárea, pois estou nervosa, pode complicar. Eu quero minha filha perfeita, a princesinha do meu amor.

Mas tudo correu bem, Celina repousava feliz e o bebê no berçário de acordo com o regulamento hospitalar. Entretanto, no quinto dia, Celina esperava o bebê para amamentá-la e nada. Havia um alvoroço no berçário, a pequena Thaly não estava no berço. A enfermeira encarregada do setor, questionada, trêmula informa:

– Entreguei o bebê à enfermeira Dalva, para que a levasse para dona Celina, quarto três.

No hospital não constava novas admissões e nenhuma Dalva. Pouco depois, uma enfermeira, aflita, trazia um uniforme atirado no chão de um banheiro pouco usado que cheirava a éter e perfume. Frederico, transtornado, chama a polícia lembrando-se da ameaça de Sandra. Doutor Túlio examinando o uniforme disse:

– Ela sedou o bebê para que não chorasse, tirou o uniforme em um banheiro de pouco uso onde deveria ter deixado o transporte, saiu pela porta de entrega num momento de alvoroço, como se fosse um deles.

Em pouco tempo o hospital estava cercado por policiais. Todavia, um carro sem placa zarpava pelas estradas onde depois foi abandonado, e a condução usada para levar o bebê foi um ônibus. Muito aflita, estava com outra roupa, de uma pessoa muito humilde.

Enquanto isso, Celina, nervosa pela demora se ergue e escuta no corredor duas enfermeiras:

– O doutor Túlio está alucinado, sua netinha desapareceu.

O corpo de Celina tombou e quando o pai se lembrou dela e abriu a porta do quarto, Celina jazia no chão desmaiada. Desesperado, colocou-a no leito e apenas ouviu: "papai". Celina morria nos braços do pai, transtornado de tanta dor. Ele sentiu a mão amiga do doutor Augusto:

– Coragem, meu amigo. Fred está enlouquecido e foi dominado pelos colegas e transportado para outro hospital para martírio da sua mãe.

O grande médico chorava abraçado ao corpo de sua meiga Celina. Nilce chegava e uniu suas lágrimas a dele.

No dia seguinte, o manto da saudade agasalhava a família do doutor Túlio e doutora Mag, vendo a laje coberta de flores na última morada de Celina, juntamente com todos seus sonhos de amor e paz.

Lúcio contratou uma equipe especializada em raptos para

seguir Cassandra, pois todos sabiam ser ela a autora do rapto. Contudo, se esqueceram de sua maior habilidade – trocar de personagem a cada momento. E assim, seguia tranquila seu plano, ocupando os locais que foram estudados durante quatro meses.

Lúcio gastava uma fortuna na sindicância dos passos de Cassandra. Julgava-se culpado de não ter dado assistência de pai e agora se sentia responsável pela dor do irmão. Despertava com o carinho da colega de trabalho que tanto o amava.

Túlio, Nilce, Leonor e a boa Francisca oravam implorando a Jesus que ela não matasse a netinha desaparecida. Dom Fernandez, avisado, estava transtornado, mas esperava que ela o procurasse fugindo do país e levando a criança. O espírito Celina, desprendido do corpo, vagava confuso tentando encontrar a filhinha. Os avós paternos, sempre atentos, conseguiram com o auxílio dos missionários espirituais capturar aquele espírito querido e agora zelavam por ela no plano espiritual.

... ♡ ...

ASSIM, OS ANOS passaram cheios de saudade e muita angústia nos corações terrenos. Cassandra sempre fugindo, apagando pistas. Envergava novas roupas, cabeleiras postiças e sua habilidade teatral.

Numa cidade do interior, casinha singela, alguém lhe pergunta:

– A senhora vai ficar muito tempo aqui? O bebê cresceu, é uma linda menina, mas tem um nome muito grande: Henriqueta.

Numa voz debochada responde:

– Ah! É que meu marido se chamava Henrique, mas vou chamá-la de Queta apenas.

– Coitadinha! ...

– Mas fique tranquila que amanhã seguirei viagem. Vou lhe pagar a estadia, já regularizei meus documentos roubados.

– A senhora parecia muito aflita com a morte do seu marido no assalto, por isso a acolhi, não pensei no dinheiro, mas vou aceitar porque gastei cuidando do bebê enquanto a senhora cuidava dos seus documentos.

Horas depois novas roupas, mala nova e olhando a identidade, ri, vendo o retrato de uma linda loira.

"Jucemar da Silva está ótimo, portanto, vamos viajar antes que me encontrem, pois retirei a fortuna neste banco ainda no nome de Cassandra. E você, minha querida, será filha de mãe solteira e Henriqueta – sem registro no cartório. "

NUM LUGAREJO DISTANTE do sertão, uma moça pobre, abandonada pelo namorado, Jucemar da Silva, vivia modestamente fazendo se passar por um de seus moradores.

Contudo, levava escondida a fortuna e já estudava novos rumos. Na singela casinha está uma linda menina de seis anos, sozinha, varrendo o chão, quando se depara com um monte de lixo extra e, curiosa, vai olhar encontrando um lindo vestido de bebê. Ela retém o vestido em suas mãozinhas e é despertada por uma voz: "Guarde com você, esconda bem". Ela ergue os olhos aos céus e murmura:

– Vou esconder bem, nossa Senhora.

Horas depois, com a casa limpa, ela se encontra na cozinha descascando batatas e logo corre até o tanque para ver a roupa. A mãe chega com as compras:

– Muito bem, Queta. Vou terminar o almoço e descansar, estou exausta por hoje. Amanhã cedinho vamos embora daqui.

A menina está lavando os pratos:

– Ah! Eu gosto daqui.

– Você não tem gosto, obedece apenas.

E mentalmente: "você pagará a humilhação que recebi do seu pai, quando ajoelhada implorava seu amor. Farei de você uma ignorante, não saberá ler nem escrever". Ouvindo estes pensamentos, no mundo espiritual alguém soluça e é confortado. Cassandra estava envolvida com a sombra do seu passado. O seu coração não alimentava amor, apenas ódio e vingança. Enviava flechas para o alvo errado sem nenhuma reflexão.

Queta é libertada

Os ANOS CORRERAM arrastando as imperfeições dos corações humanos. Cassandra, aos trinta e sete anos continuava uma bela espanhola, sempre escondida nos disfarces, habilidade que aprendera como artista. Um belo dia, no seu refúgio, refletia: "dezesseis anos são passados, creio ter completado minha vingança. Os jornais continuam me assustando, pois, as buscas continuam. Tenho dinheiro para viver fora daqui. Seguirei, portanto, novo destino. Soltarei nas estradas da vida sua filhinha, ignorante, sem recursos, estará assim exposta a tudo".

Erguendo a voz, chama:

– Queta, pegue esta mala, arrume seus trapos e rua. Já tem idade e habilidades para ser uma boa empregada e ganhar sua vida.

A jovem se assusta:

– Mamãe, eu não sei viver lá fora, tenho medo.

– Olha aqui, não me chame de mãe. Disse-lhe que apanhei você na minha porta. Dei casa e comida, ensinei os trabalhos necessários. Portanto, siga seu caminho. Eu preciso viajar e entregar esta casa, vou colocar você no trem rumo a um novo destino, aprenda com seu próprio viver.

Cassandra, nervosa, apanhou a sua mala com novas roupas, enquanto a jovem ajeitava, medrosa, suas humildes peças numa mala bem surrada. As lágrimas desciam pelo seu rosto, apavorada com o novo destino. Mas ouve uma voz secreta: "Filhinha, estarei ao seu lado". Ela sorri e tudo executa, escondendo seu trunfo bem enroladinho.

Cassandra grita por ela:

– Vamos que tem um trem às dez horas. Tome este dinheiro, não tenho mais.

Sai levando-a até a estação férrea sem verificar o destino daquele horário. Queta medrosa, indaga:

– Onde devo saltar?

– Está a seu gosto, qualquer lugar será bom.

E se afasta rápido, seu destino será outro. Mas o espírito de uma vovó está presente e sorri: "deixa comigo, eu a levarei ao destino". A jovem se encolhe no vagão de segunda classe e começa a rezar:

"Minha Nossa Senhora, me ampara neste mundo que não conheço".

Um suave sono a envolve. Desperta com o solavanco da parada e o aviso: "fim de linha, saltem, por favor! ".

Ela, trêmula, obedece e sai caminhando sem destino, mas a vovó está guiando seus passos em direção ao seu amparo. De repente, ela para, exausta, apoia-se num gradil de uma casa, segurando a mala e sussurra: "meu Deus, o que faço? ". E as lágrimas deslizam no semblante abatido.

Neste exato momento, uma senhora trazendo suas compras se aproxima:

– Está perdida, filha? Quer ajuda? Venha comigo, meu nome é Iracema. Não deve ficar assim na rua, é perigoso.

E juntas caminham até uma singela casinha com um pequeno jardim.

– Entre filha, eu moro aqui com minha velha amiga Matilde.

Queta sente uma paz, como se ouvisse: "está amparada".

Dona Iracema deixa as compras e retorna com uma toalha de banho e sabonete:

– Olhe, não se ofenda, mas vá tomar um banho gostoso, lavar estes lindos cabelos e tirar este carvão da viagem, esta fumaça faz mal. Troque sua roupa também.

Ela sorri, e que lindo sorriso ilumina seu rosto. Abre a mala e recolhe um vestido de chita e outras peças.

– Como se chama, filha?

– Ela me chamava de Queta, mas é Henriqueta.

Iracema chama pela companheira Matilde:

– Ajude nossa hóspede no banho. Preciso achar um velho jornal que guardei.

E em pouco está lendo: "Raptada do berçário o bebê, neta do doutor Túlio", e segue a notícia do desespero da família, suspeita e mortes.

Ela tem a fisionomia iluminada e murmura:

– Doutor Túlio, achei sua neta! Como devem estar felizes nossas mães na espiritualidade. Mas vou dar uma melhora no semblante dessa jovem para depois avisá-los.

Matilde retorna:

– Iracema, ela foi lavar as roupas no tanque e não sabe ler nem escrever, vai me ajudar na cozinha.

– Meu Jesus, como tem coração perverso neste mundo, e tanto amor foi ensinado pelas suas palavras e exemplos. Matilde, olhe por ela. Vou aqui na costureira Rute ver se tem uns vestidos e algo mais. Minha amiga, teremos uma novela grandiosa, logo à noite quando ela contar a sua vida.

Matilde, carinhosa, cuidava da jovem como se fosse uma filha e dava-lhe uma refeição, pois não se alimentava há muito tempo.

Com os olhos marejados pelas lágrimas, observava a beleza maltratada, e seus olhos lindos.

Iracema retorna trazendo três vestidos e roupas íntimas. Queta, emocionada indaga:

– Por que a senhora faz isso?

Iracema sorri:

– Filha, seu nome não é Queta. Vamos chamá-la de Maria enquanto estiver aqui. Depois vai nos contar sua vida ao lado dessa criatura, pois você deve ser uma criança roubada que tanta dor deixou no coração dos pais.

À noite, Iracema e Matilde ouviram toda história de que ela se lembrava e também o encontro da roupinha de bebê. Iracema recebeu a peça finíssima, apesar de suja, examinou e as lágrimas desceram.

– A senhora está chorando?

– Sim, filha, você é o bebê roubado há dezesseis anos. Foi uma maldade terrível e até hoje procuram por você. Até seu nome – Queta – faz parte da revolta íntima de quem a raptou. Nós vamos te ensinar a ler e escrever, melhorar sua fisionomia e depois iremos procurar sua verdadeira família que tanto sofre de saudade. Confie na proteção que daremos a você.

No dia seguinte, dona Rute chamava por Iracema:

– Veja esta notícia: "Presa no aeroporto a célebre artista que raptou um bebê há dezesseis anos"

– Dona Rute, esta jovem é a neta do doutor Túlio, ela foi mandada embora, pois Cassandra pretendia fugir do país. Mas a Justiça Divina jamais falha.

CAPTURADA

NO SALÃO DO aeroporto passageiros aguardam o avião do voo para Paris, a cidade luz. À distância, um personagem estranho, de óculos escuros, observa todos os passageiros, como um raio X, e alguém se perturba. Quando ressoa o aviso do embarque ele se movimenta rápido, aproximando-se de uma passageira que, nervosa, tenta desprender a pulseira da peruca loura, pois erguera o braço tentando ocultar o rosto. Ele, calmamente, retira as algemas do bolso e pergunta-lhe:

– A senhora não prefere acertar na delegacia?

E de arranco retira-lhe a peruca loura. Uma passageira que tudo observava exclama:

– Santo Deus! É a artista Cassandra, desaparecida há anos quando raptou um bebê.

O policial sorri:

– Obrigado, senhora, pela confirmação neste reconhecimento.

Cassandra, alucinada, tenta fugir, mas já está algemada ao policial que esclarece, ainda:

– Todas as saídas esperam pela senhora. Está sendo seguida desde que comprou esta mala com o nome de Jucemar no recibo e na lista de passageiros, via Paris.

Cassandra sente-se aniquilada, representando a última peça

de sua carreira "o drama de sua própria vida". O policial chama o companheiro:

– Comunique imediatamente ao empresário Lúcio, e diga que suas ordens serão cumpridas.

E se retira levando a famosa artista algemada em público e que a contempla aplaudindo com o olhar a vitória da justiça terrena.

Cassandra seria colocada numa cela, espécie de solitária, por ordem do empresário Lúcio. Para quem vivia de aplausos do público, aquele silêncio seria o martírio para seu coração perverso, pois ouviria a voz secreta da consciência recordando-lhe as cenas vividas. Outros artistas surgiriam, as entidades que cobrariam a ajuda dos atos tenebrosos atraídos pelos seus pensamentos. Representava, portanto, a última cena, a cortina de veludo escarlate se fechava. Agora eram as trevas do último cenário.

··· ♡ ···

CASSANDRA ESTÁ ENCOLHIDA no chão da cela úmida e desperta com o barulho de chaves e passos. Diante dela estão: Túlio, Lúcio e dom Fernandez. Ela se encolhe mais ainda. Dos olhos de dom Fernandez, envelhecido, correm lágrimas, observando a filha do seu erro e que não o perdoou quando lhe ofereceu um novo lar. Doutor Túlio, também exibindo sofrimento no semblante com a morte de sua querida Celina e o desaparecimento da netinha. Lúcio, calado, torturado, vendo a menina que aceitou como filha, agora uma criminosa, uma presidiária. De repente, doutor Túlio ergue a voz quebrando o silêncio:

– Cassandra, contemple três homens arruinados, que num passado distante foram vítimas da sua luxúria... Mas na espiritualidade juraram lutar unidos para que você se tornasse uma mulher digna de um lar na paz e no amor verdadeiro. Juramos, diante de Jesus, tirar você da lama fétida do seu passado. Dom Fernandez deu-lhe a vida terrena através do corpo de Selma, a dona do cabaré. Lúcio te amparou como filha e eu, o segundo pai dei-te a luz dos ensinos de Jesus e das leis divinas recordando-te as palavras do grande mestre Jesus. Você continuou destruindo, massacrando pelo pensamento doentio aqueles que despertaram na luz do perdão e te amparavam, conduzindo você para uma estrada de luz e amor puro. Você triturou o coração da sua suave amiga Celina, que também a perdoou pela traição do passado e procurava ajudá-la com seu carinho de irmã, nesta vida. Você não sentiu o sofrimento de Jesus carregando a cruz, tendo a coroa de espinhos a derramar sangue e se arrastou até morrer na cruz, levando o peso dos erros humanos. Você não sentiu lágrimas quando no auge do sofrimento, ele disse: "Pai, perdoai, eles não sabem o que fazem". Cassandra! Você nunca sentiu o amor de mãe, de avó, de irmã que encontrou no meu lar. Seu coração continua no poço da lama do passado – a célebre Greta – destruidora dos sentimentos, e continua contaminando o ar com suas perversidades. O que fez da minha netinha? Celina está morta pela sua crueldade. Fred em tratamento, a caminho da loucura.

Ele parou, como exausto das recordações.

Cassandra, apavorada, ergueu o rosto exibindo as marcas da realidade – era uma condenada. E vacilante justifica:

– Ela está viva, mas não sei onde, pois fugiu de casa.

E assim deixava todos no martírio. Todavia, uma luz brilhava na escuridão da estrada – ela estava viva. Quando eles se retiravam, Cassandra sentiu-se torturada por tudo que ouvira, então caiu de joelhos e gritou:

– Eu imploro clemência a todos.

Dom Fernandez responde:

– O grande Mestre não encontrou clemência daqueles que o crucificaram, sendo inocente. Você ficará esquecida no seu novo lar, terá alimentação e banheiro para sua higiene corporal. Estaremos ocupados procurando por Thaly.

Cassandra se atirou no chão desesperada, era uma perfeita artista em cenas dramáticas. E o silêncio fúnebre envolveu a cela fria, despojada da luz do sol. Os livros que tanto leu prejudicando-a seria agora sua própria consciência revendo toda a trajetória sinistra nesta existência terrena.

Sombras e vozes

Cassandra vivia atormentada na prisão, ouvindo vozes e gargalhadas. O nome Greta ressoava como um sino constante. Aquelas paredes pareciam se mover e esmagá-la. Ela não queria enlouquecer e no desespero ajoelhava, chorava representando seu martírio, mas não se lembrava de fazer uma prece implorando uma luz ao mestre Jesus. Ela não sabia suplicar o socorro espiritual, sempre o orgulho toldara este ato sublime. Muitas vezes tinha medo até de adormecer, precisava ficar atenta com aquelas sombras que riam e dançavam diante dela. Estava esquecida na prisão, pois aguardava julgamento. Apenas a carcereira era o ser humano que via. Certo dia, sentindo piedade do seu sofrimento, ao entregar-lhe a refeição perguntou:

– Filha, você acredita em Deus? Faça uma oração, sua súplica ajuda, será luz para seus erros.

– Eu não rezo. Sempre fingi que orava.

– Ah! Que blasfêmia. Ninguém vive sem a luz da oração. É o eterno farol iluminando nossos caminhos terrenos. Eu vou rezar, aqui, por você.

Unindo as mãos, a carcereira pronunciava:

– Meu Jesus, imploro que sua misericórdia desça sobre essa criatura, esquecida da luz de suas palavras. Amém.

Aquela prece, feita por um coração humilde chegava ao plano espiritual e, como um perfume, fora se espalhar por todos os envolvidos naquele drama.

Na Espanha, dom Fernandez, envelhecido, sofria ao lembrar-se da filha, tão linda, distante e criminosa.

Consuelo se aproximou dele e, carinhosa:

– Fernandez, todos nós erramos. Veja, Selma ocultou-lhe a filha. Você me traiu. Cassandra foi amparada num lar em que tentavam orientá-la, mas aos seis anos já trazia no coração a revolta roendo-lhe os puros sentimentos e arrastava um nome que detestava. Para aliviar nossa consciência, veja com o doutor Lorenzo se podemos tratar da extradição dela, olharemos pelo seu destino. Eu já perdoei tudo o que você me fez. Eu também errei. Eu matei. Vamos nos unir e aliviar o sofrimento dela. É verdade que destruiu lares, ocasionou mortes, mas Deus perdoa Seus filhos dando-lhes a bênção da reencarnação, se não podem reparar os erros nesta existência.

O EMPRESÁRIO LÚCIO também desperta, sentindo a rigidez da prisão merecida. Ela morreria e o ódio continuaria arrastando-se através dos séculos.

Túlio, ao lado dos seus sofria pensando: "Ela foi cruel, mas tudo foi erro de sua formação espiritual. Já trazia reflexos de outras vidas ocultos no fundo do seu coração e que não foram corrigidos para novos caminhos. Arrastava a revolta do nome. Procurou na vida artística o socorro para tudo sufocar, mas despertou as falhas do passado, intoxicando-se com leituras, dramas de vinganças e ódios.

Nilce, carinhosa se aproximou:

– Túlio, vamos suavizar o sofrimento dela. Quem sabe enviá-la para uma prisão ao lado do verdadeiro pai, conforme ele queria.

··· ♡ ···

NO HOSPITAL, O doutor Augusto avista a colega Mag, mergulhada na sua dor de mãe. Ele se aproxima:

– Mag, você está sofrendo sozinha, aceite meu pedido, vamos envelhecer juntos. Seu filho ficará bom, encontrará um novo amor.

Ela sorri e convida-o a se sentar.

– Augusto, eu não preparei o Fred para enfrentar as dores do mundo. Quando o pai faleceu, ele tinha quinze anos e o padrinho Artur levou-o para a Inglaterra. Ele sufocou a saudade durante dois anos. Voltou entusiasmado, queria ser médico também. Viu Celina, se apaixonou, tudo muito rápido, sem obstáculos aparentes. Agora, enfrentou a dor da separação e sem a base dos sentimentos da tristeza o alicerce estremeceu e tudo ruiu. Como erramos, meu amigo, no traçado espiritual.

Augusto sorri e elucida:

– Nem tanto, minha amiga querida, salvamos alguma coisa, por exemplo, o meu oferecimento para estar ao seu lado nesta fase de amarguras terrenas.

E segurando-lhe a mão se ergueu para juntos executarem a tarefa no hospital.

··· ♡ ···

No PLANO ESPIRITUAL algo se preparava para cooperar no auxílio que Cassandra receberia: um salvo-conduto para seu novo caminhar.

INDULTO

Na luz do perdão ensinado por Jesus
Perdoai para que Deus vos perdoe.

··· ♡ ···

OS MESES DE prisão destruíam parte da beleza espanhola. A carcereira continuava penalizada e quando voltou:

– Está melhor, filha, não se alimentou ontem.

Cassandra ergueu o rosto:

– A senhora está sempre calma num ambiente como este, por quê?

– Ah, eu também já estive entre as grades, por quinze anos e muito aprendi. Por que me desesperar se sabia que merecia o castigo? Quando recebi a liberdade, senti vergonha de surgir no mundo e pedi ao delegado que me aceitasse neste trabalho, pois não tinha família e queria ajudar as prisioneiras. Certa vez, recebi visita de uma senhora, ela me deu dois livros – um romance – *Redenção* e *O Evangelho segundo o Espiritismo*. Eu nunca fui dada à leitura, mas li, reli e compreendi, filha, que nós sofremos porque nos desviamos do traçado espiritual. Deus não castiga, Ele nos corrige através das dores que criamos. Oh, fique tranquila, depois eu volto. Tem visita para você.

A carcereira se afasta e surge o delegado acompanhado por dom Fernandez e seu advogado Lorenzo.

Cassandra terminara seu almoço e se assusta ao ouvir:

– A senhora tem permissão para receber na saleta ao lado.

E para lá se dirige, a fim de ouvir na voz do advogado:

– Cassandra, vou expressar com simplicidade a última proposta de seu pai: Quer ser transferida para uma prisão na Espanha para ficar perto dos seus? Será uma extradição, seu julgamento correrá por lá a pedido do seu pai espanhol.

Cassandra sente o olhar suplicante do pai pedindo um SIM. E responde:

– Sim, pois aqui acabarei louca.

– Então, esteja preparada. Amanhã virei buscá-la para uma audiência com o juiz da Comarca e todos os envolvidos na sua prisão. A papelada está pronta, será rápida e seguiremos viagem.

Cassandra sentiu-se envolvida por novas energias.

O pai se ergueu, deu-lhe um beijo e murmurou:

– Se tivesse me seguido na primeira vez não estaria aqui, sofrendo, e uma criminosa. Faltou-me autoridade na época.

Ela deixava copiosas lágrimas banharem seu rosto marcado pelo sofrimento e sussurrou:

– Perdoa-me, pai.

Ele emocionado, tomou a filha presidiária em seus braços, beijando-a e se retiraram.

À tarde, a carcereira trazendo-lhe o jantar diz alegre:

– Tenho rezado por você como se fosse uma filha implorando perdão. Estou feliz, já soube.

Cassandra se ergueu e abraçou-a.

Ela lhe entregou um livro dizendo: Coloquei até dedicatória, veja:

"À colega de prisão terrena, nunca se esqueça de que um dia, teremos a liberdade".

Jacinta.

E nas mãos de Cassandra brilhava o Evangelho com as palavras de Jesus.

··· ♡ ···

NAQUELA NOITE CASSANDRA dormiu tranquila e sonhou que lhe deram uma flor, cujo perfume, ao despertar, ainda sentia.

Ela iria à audiência jurídica com a roupa de presidiária, estava resignada, merecia tudo e a morte de Celina pesava muito em seu coração, lembrando-lhe o quarto róseo em que dormira e a linda boneca também.

Quando chegou ao recinto pensou que desmaiaria, pois ali estavam todos que ela massacrou e de quem tanto amor e luzes recebera.

Ouviu de cabeça baixa a leitura do auto do seu crime e sua extradição para a Espanha, onde seria julgada pelo crime de "rapto", a pedido de seu pai.

Quando todos deveriam assinar, até a boa Francisca, o advogado Rubens interferiu com as palavras:

– Peço a palavra, meritíssimo juiz. Tenho por escrito, assinado por todos, o pedido de "indulto" para Cassandra. Portanto, seguirá livre para seu novo lar, ao lado do verdadeiro pai e sua família espanhola.

Cassandra desmaiou e o doutor Túlio a socorreu.

Ela retorna e entre lágrimas:

– Eu não mereço o perdão de vocês. Eu não queria matar Celina... queria ferir somente o Fred, na minha loucura e na revolta de ter sido rejeitada. Roubei o bebê porque era fruto do amor dele, mas em vez de amor, agasalhei ódio e vingança.

E soluçava tanto que até o juiz estava emocionado.

E para completar sua emoção, o advogado espanhol aclara:

– O nome Cassandra foi lavado e desaparece com estas lágrimas, seu verdadeiro nome será Simone Fernandez, a filha que retorna ao lar paterno, completamente sem fortuna, pois foi confiscada quando encontrada no fundo falso da mala. Concorda com o nome?

Lágrimas pesadas corriam pela face, ela tentou um sorriso e balançou a cabeça concordando para a alegria do pai.

No dia seguinte, no aeroporto, dom Fernandez amparava a filha, agora tranquila e vencida por novos sentimentos.

Avistou a carcereira Jacinta jogando-lhe um beijo e unindo as mãos, como símbolo de uma prece. Simone ergueu a mão dando-lhe adeus.

A Granja Fernandez

CHEGAVAM À ESPANHA e dom Fernandez contemplava a filha com imenso carinho, como se levasse uma inválida para a recuperação.

Horas depois, penetravam numa linda granja, cuja entrada repleta de flores despertou Simone com as palavras do pai.

– Chegamos, filha, aqui você restabelecerá suas forças.

Para quem esteve retida entre quatro paredes, aquele cenário era o paraíso.

Consuelo, carinhosa, beijou o marido e depois a própria Simone.

– Fernandez, tudo foi preparado, conforme seu pedido, janelas abertas para o arvoredo, como símbolo da liberdade espiritual.

Ele estava exausto da viagem e das emoções e apenas disse:

– Deixo-a aos seus cuidados e de dona Venância.

Simone caminhava silenciosa, apoiando-se em Consuelo, como se o peso dos seus erros e o perdão que recebera aumentassem seu remorso.

Dona Venância ajudou-a no banho reconfortante, depois levou-a ao quarto para que se deitasse. Ela se sentia perdida num paraíso, mas sua consciência a acusava.

As lágrimas retidas rebentaram o dique da tensão e então Simone soluçou tentando aliviar o peso da cruz que adquiriu.

As ramagens das frondosas árvores estavam na sua janela, um pássaro cantava, como uma oração, ela caiu em profundo sono, seu espírito foi levado para novos esclarecimentos. Despertaria para uma vida digna ao lado do pai que renegara e, assim, perdera a paz e muito amor nas terras de sua origem espanhola.

No dia seguinte foi providenciada a presença do médico familiar.

Simone recebia tudo para se restabelecer. Na sua cabeceira estava o livro, presente de Jacinta, ela aprendeu a rezar, implorar perdão e novos esclarecimentos.

Sofria ao se lembrar da jovem Thaly, onde estaria?

Ela sacrificara um anjo para se vingar e agora recebia novamente amor para seu despertar e isso pesava no seu coração, realçando cada vez mais seus erros. Destruíra corações de uma família que tudo fizera por ela, na infância e na mocidade.

Carregava, portanto, imensa cruz pesada, deixando marcas entre as pedras e espinhos no seu caminho. Tinha certeza de que aquele peso, ela própria colocara na sua cruz terrena e arrastaria até o fim, agora que a luz do perdão brilhava, enquanto as lágrimas do arrependimento molhavam as pedras da subida da sua purificação espiritual.

Ela usufruía dos verdes campos da granja, contudo recusava partilhar da mesa familiar, iria quebrar a harmonia já reinante, preferia se alimentar, sozinha, na varanda do próprio quarto.

As irmãs, Carmem e Analusa, tudo faziam por ela, até passeio de charrete pelos campos verdejantes.

Paloma, a primogênita, já estava casada e residia em Toledo.

Um dia, Consuelo, carinhosa, aproximou-se e pediu-lhe:

– Simone, o que lhe falta? Abra seu coração, poderei ajudá-la.

As lágrimas deslizavam:

– É o remorso que me tritura, iluminado pela luz do perdão que eles me deram. Eu joguei nas estradas da vida uma jovem sem nenhuma orientação de defesa para enfrentar as perversidades do mundo. Eu sacrifiquei um anjo na minha vingança egoística. Pretendia gozar noutras terras a minha fortuna. Nem o verdadeiro nome ela sabe, poderia dar-lhe o endereço do hospital para que procurasse pelo avô. Nada fiz, a não ser pensar em mim, fugir do meu crime. Ignorei o sofrimento de Celina que tanta alegria me deu na infância ao meu lado, apunhalei seu coração tirando-lhe a filhinha com cinco dias, sem nenhuma piedade do amor materno. Só via naquele anjo o fruto do amor do homem que me humilhou e essa seria a minha vingança. Esqueci o amor que recebi da tia Nilce, preparando-me para o primeiro baile, colocando a coroa de flores nos meus cabelos para que eu fosse a princesa da festa da primavera. Eu só recebi amor daquela família, mas me refugiei nas sombras do meu passado, envolvida na vingança e no ódio. Meu Deus, ajude-me a subir a ladeira escarpada do meu remorso, iluminada pela luz do perdão que eu não mereço. Eles me deram a liberdade, eu crucifiquei todos os inocentes na minha vingança por ter sido rejeitada por ele. Ah! Fred, destruí a minha vida por amar você.

Consuelo tinha lágrimas a deslizarem sentindo como o perdão despertou Simone para a espiritualidade.

Abraçou-a com afeto e disse-lhe:

– Foi bom você desabafar, ajudaremos em tudo que pudermos.

A REVOLTA DE FREDERICO

DEIXEMOS OS CENÁRIOS da Espanha e o martírio de Simone.

A doutora Mag estava casada com Augusto e conversavam na sala dos médicos.

– Augusto, fiquei alarmada, pois soube, sigilosamente, que o Fred se restabeleceu em dias, porém pediu sigilo. Queria continuar ali, como médico, e viver outro período em sua vida. Sempre fui visitá-lo, ele se apresentava com a roupa de interno.

De repente a palestra é interrompida com a chegada do doutor Túlio.

– Mag, esteja preparada, seu filho acaba de chegar, deixando bagagens na portaria.

Ela ergue-se, alegre, vendo o filho adentrar no recinto.

– Venho me despedir, estou regressando à Inglaterra.

A doutora Mag se assusta:

– Filho, seu destino é aqui, esperando sua filha....

Ele irônico:

– De uma vez por todas, quero esquecer esse drama. Não fui casado, não tive filha. Nesta encarnação estou morto. Vou renascer noutro país. Vocês me colocaram num hospício e lá fiquei dezesseis anos. Esqueci, portanto, o outro lado da vida, conforme fui esquecido. Eu deveria ter me casado com Cassandra e todos estariam felizes.

– Meu filho, você não ficou num hospício e nunca foi esquecido. Você quis continuar ali, trabalhando, eu sei e comprovei. Você estava alucinado, agrediu colegas, chamou a polícia, estava transtornado.

Ele declara:

– Quero a liberdade e esquecer esta aventura de dois anos que destruiu meu futuro.

O doutor Túlio que ouvia tudo, interferiu:

– Então, você considera uma aventura, arrastando minha filha Celina?

Ele firme:

– Sim, e uma loucura também.

Nos olhos do médico brilharam as lágrimas, mas completou:

– Realmente, sua esposa deveria ser Cassandra. Vá procurá-la. Está com o verdadeiro pai, na Granja Fernandez, na Espanha – e magoado se retirou.

Mag observa o sorriso no semblante do filho:

– Frederico, você ofendeu o doutor Túlio, pai de Celina e provou que nunca amou sua esposa.

– Estou perdendo tempo. Até a próxima encarnação se for essa a vontade do Supremo, pois imploro outra família.

O doutor Fábio surge, alegre, para abraçá-lo, ele recuou e se afasta rápido dirigindo-se à portaria, colocando as malas no táxi que o esperava.

Entretanto, deixava no ar um estudo para todos. Ele já traçara seu novo destino e não queria revelar. O doutor Fábio ficara pensativo. Augusto indaga:

– Fábio, algo a esclarecer?

– Sim, ele parece me acusar do erro, evitando-me. Outro dia conversaremos sobre os detalhes de um episódio ocorrido há dezoito anos, pois, escutei parte que me despertou o passado.

Iracema

O DOUTOR TÚLIO seguia para o seu recanto quando escuta:

– Doutor Túlio, este rapaz deseja falar com o senhor.

Ele para e recebe o jovem que se apresenta:

– Sou Felipe, filho de Iracema, neto da vovó Cândida, trago-lhe um recado.

Túlio esquece por momentos a sua dor, admirando-o:

– Diga Felipe, esteja à vontade.

– Dona Iracema solicita sua presença e pede-lhe que marque dia e hora.

– Só isto? Será uma consulta médica?

– Doutor, as palavras dela foram: "Dê o recado sem explicações e me traga a resposta".

– Iracema continua a mesma. E você o que faz?

– Sou engenheiro de estradas e faço bicos dando aulas de geografia e história, pois tenho diploma de professor.

– Muito bem, diga a Iracema, que estarei lá amanhã, às dez horas.

NO DIA SEGUINTE, às dez horas, doutor Túlio saltava do seu carro diante da singela residência, mas cheia de recordações.

Ela, sorridente, o aguardava e os dois se abraçaram como velhos amigos.

– Vamos entrar que a conversa é longa – e apresenta a grande amiga, Matilde, e todos se acomodam na sala.

– Iracema, como você me faz lembrar dona Cândida, tricotando ao lado da mamãe.

– Vamos ao nosso assunto. Sofri com todos vocês e jurei ajudar procurando sua neta. Há dois meses, regressava das minhas compras quando me deparei com uma jovem angustiada, se amparando num destes gradis, quase perto da minha casa. Meu coração disparou sentindo a presença da mamãe e ouvi: "Volto para meu recanto. Agora, a tarefa é sua". Aproximei-me da moça conduzindo-a à minha casa e....

Dona Iracema continuou relatando, enquanto o médico deixava lágrimas deslizarem pela face. Ele não conseguia interromper a narrativa e ela terminou:

– Túlio, como os espíritos nos ajudam neste mundo, quando temos pedras e espinhos na estrada, mas no coração, amor e perdão.

Só, então, Túlio conseguiu falar:

– Dona Leonor sonhou com Celina que lhe dizia: "Thaly já vem". Justamente neste período que ela aqui estava, Cassandra estava sendo detida no aeroporto e levada à prisão. Quem é o professor que lhe ensina geografia, pois vocês a ensinaram a ler e escrever.

Iracema sorriu:

– É o Felipe, eu lhe disse: seja para ela como um irmão. Entretanto, vejo outro sentimento despontando naquele coração. Ele está com vinte e três anos, já formado em engenharia. Matilde, por favor, chame-os, conforme combinamos.

O coração do médico estava ansioso para rever sua neta e é despertado com a voz meiga que ressoa:

– Agora eu sei o que é ilha: "terra cercada de água por todos os lados". E água cercada por terra é lagoa. O sol é o astro rei, aquece o mundo e a lua ilumina a noite e os corações. Já sei como é a noite e como surge o dia.

Matilde surge diante deles e carinhosa observa o semblante da jovem e lhes diz:

– Iracema está esperando por vocês. Vamos Maria, temos visita.

Quando surgem na sala o médico contempla a moça e as lágrimas retidas descem:

– Thaly, minha neta!

Felipe contempla aquela emoção:

– Vá até ele, é seu vovô.

Ela corre e os presentes não contêm as lágrimas naquele encontro de duas almas que foram afastadas, mas retinham o liame do distante passado.

Thaly, emocionada, diz:

– O senhor é meu vovô, e a mamãe? Ela morreu?

Túlio vacila, mas depois confirma e esclarece:

– Thaly é seu verdadeiro nome. Ficará aqui mais uns dois dias, depois irá viver ao lado dos seus avós. Vou contratar um professor para receber aulas em casa, como as princesas antigas.

– Ah, vovô, eu gosto de estudar com o Felipe e dona Iracema ou Matilde. Mas gostei do meu nome Thaly, e do meu vovô.

E novamente corre para seus braços e beija-o, emocionada.

Quando Túlio se preparava para sair, Felipe estende-lhe a mão:

– As chaves do carro, o senhor não está em condições de dirigir, eu vou levá-lo.

O médico sorri e estende as chaves.

– O senhor tem carteira de motorista?

– Eu dirijo caminhão levando cargas pelas estradas, mas deixo o seu carro na garagem e volto de ônibus.

Trocaram um grande abraço e partiram.

Durante a viagem Túlio reconhecia a retidão do caráter do jovem Felipe. Aquele amor pela sua Thaly estaria unindo duas famílias que arrastam o vínculo espiritual de longa data.

Depois do carro na garagem, o médico sorrindo tira a carteira:

– Vou aceitar a passagem do ônibus, pois deixei a carteira no paletó.

Neste exato momento, para um táxi e o chofer indaga:

– Por favor, que rua é esta?

Túlio diz para Felipe:

– Isto é serviço de dona Cândida, eu pago o táxi.

Abraçou o jovem que completava:

– Se tiver troco eu devolvo amanhã.

Nilce observava tudo esperando pelo marido e ouvia:

– Nilce, encontramos Thaly, está aos cuidados de Iracema – tomando a esposa nos braços expressou seu amor no beijo afetuoso.

Naquela noite, o médico não conseguia dormir. Sentia-se ansioso nos estudos que fazia.

Nilce despertou de leve sono:

– Túlio, você não consegue dormir, por quê?

– Estou fazendo o diagnóstico de Thaly. Veja: dezesseis anos, não tem o desenvolvimento de uma mocinha, fica cansada com muito estudo. Há dois meses sobre os cuidados de Iracema, faço ideia de como chegou pálida. Vou levá-la para exames no hospital antes de trazê-la. Tem mais, Nilce, ela não teve infância, assistência médica, não sabemos os locais em que morou e que poderiam afetar seu organismo já enfraquecido. Não recebeu o leite materno, foi sedada com cinco dias com éter, quando raptada. Iracema ocultou-a de nós, mas ignorando seu verdadeiro estado orgânico. Nilce, demos o perdão para Cassandra "na palavra", mas o meu coração está repleto de mágoas pelo que recebemos dela, não posso esquecer a destruição que nos fez.

Nilce resolveu falar:

– Túlio, comentei com a mamãe que não sinto vontade de organizar o quarto para Thaly, parece-me mover outra dor e ouvi da mamãe: "ela apareceu no final, para receber nosso amparo".

Entretanto, no silêncio da noite o telefone ressoa – é Iracema, aflita.

– Túlio, preciso urgente do médico, Thaly teve um desmaio, estou receosa, ela não retorna.

Em instantes Túlio tudo organiza seguindo no seu carro e deixando mais reflexões para Nilce.

Leva Thaly nos braços e zarpa para a emergência hospitalar, onde é socorrido por dois colegas no plantão.

Ela fica hospitalizada, exames rápidos, soro, exame de sangue e a angústia do amanhecer para novos exames.

Túlio está zelando por ela, quando o colega Vítor o chama:

– Túlio, no exame de sangue, anemia profunda, o eletro também não está legal, muito falho, talvez reflexo de muita emoção, do reencontro com vocês. Fortaleça seu coração para mais um golpe da vida. Vou pedir à enfermeira Dayse que o ajude para que descanse um pouco, senão terei que socorrer você também.

Túlio sorriu e foi se recostar na poltrona.

Sonhos que se apagam

Às cinco horas da manhã, Felipe chega no hospital e vê o carro do doutor Túlio estacionado na portaria ainda retendo as chaves. Ele se dirige ao porteiro:

– Onde posso estacionar este carro, antes que seja rebocado?

O porteiro estava aflito pensando em como fazer esta retirada antes do movimento hospitalar.

– Ah, senhor, que alívio! Pode colocar ali, ao lado da ambulância, é emergência e pertence ao médico.

Resolvido este problema, Felipe volta com as chaves:

– Agora, indique-me a recepção. Preciso urgente de notícias.

Felipe percorre o corredor e bate no quarto indicado pela recepcionista.

Um rostinho meigo atende e ele vê o doutor Túlio exausto, na poltrona, e no leito o corpinho de Thaly com toda a medicação. Seus olhos brilham, as lágrimas se aproximam, lentamente, sendo observado por Dayse que sussurra:

– É sua namorada?

– É meu futuro que se perde nas brumas desta vida.

Dayse sente a dor daquele coração e beija-lhe a face, expressando conforto.

O doutor Túlio desperta e ainda contempla a cena, mas finge estar adormecido a fim de escutar o resto:

– É grave o estado dela?

E a resposta vibrou como uma facada no coração:

– O fim de um sonho.

Ele morde os lábios e se aproxima do médico:

– Doutor Túlio, as chaves do seu carro antes do reboque.

Ele se ergue, abraça o jovem que lhe diz:

– Mamãe Iracema e dona Nilce estão aflitas por notícias.

O grande médico procura reter a emoção:

– Felipe, vá buscá-las no meu carro, eu não tenho condições de dirigir e não sei o tempo de vida que lhe resta.

Tudo destruído por um segredo não revelado e que salvaria vidas.

Felipe recolhe as chaves do carro e se aproxima do leito onde Thaly está como adormecida, ele se inclina, beija-lhe a fronte, mas uma lágrima desliza e os lábios dela se movem pronunciando: Fe-li-pe...

– Vou buscar a vovó Nilce – e se retira rápido.

Dayse e Túlio ficam ao lado do leito, ela abre os lindos olhos e lentamente diz:

– Vovô... eu vou morrer... sonhei... com a mamãe... vem Thaly.

E novamente, tudo silenciou.

Dois médicos entram no quarto e chamam o doutor Túlio para comprovar os últimos exames.

– Túlio, confirmado: anemia profunda de longa data, sem tratamento. O coração enfraquece aos poucos. Vamos retirar as agulhas que a magoam e nada poderão fazer pelo seu restabelecimento. Demos toda assistência necessária, fique, portanto, tranquilo, como médico e avô para receber o último alento num leito hospitalar e não longe de vocês ou em plena rua.

Lágrimas pesadas descem dos olhos de Túlio e recebe um grande abraço do colega enquanto o outro orienta Dayse na retirada das agulhas desnecessárias, mas que se comove também, contemplando o botão de rosa que fenece sem derramar o perfume dos sonhos.

Quando Nilce, Iracema e Matilde chegam ao hospital são paradas pelo doutor Vítor que lhes informa:

– Nilce, esteja preparada, ela se desliga, lentamente, do mundo terreno.

As lágrimas descem silenciosas e penetra no quarto sendo recolhida nos braços do marido, onde seus corações trocam energias para o adeus.

Iracema e Matilde contemplam Thaly e murmuram:

– Jesus, recebe este anjo, agasalhando-a no seu manto de amor.

Nilce se aproxima, beija-lhe o rostinho e sussurra:

– Thaly, o beijo da vovó.

Ela sorri, abre os lindos olhos:

– Minha vovó... – e num longo suspiro, como que procurando forças, encerra a vida terrena.

Dayse contempla as emoções dos corações e se coloca aos pés do leito, murmurando:

– Jesus, divino Mestre, ilumina o caminho de Thaly com estas lágrimas e que seja agasalhada em seu manto de amor.

Neste momento surge o espírito de linda jovem. Do corpo de Thaly, outro se ergue sorrindo e num clarão de luz tudo ilumina deixando conforto nos corações presentes.

No dia seguinte, o corpinho de Thaly repousava entre pétalas de rosas brancas que foram orvalhadas com as lágrimas dos avós.

Iracema, Matilde, Felipe e Dayse se fizeram presentes representando o hospital.

Assim, mais uma flecha do arco de Cassandra atingia a família do doutor Túlio que tanto amor lhe dera.

As grandes mágoas são para os grandes corações.

Reconciliação

*Reconcilia-te o mais cedo possível com teu adversário
enquanto caminhas com ele.*

FREDERICO ENTROU NO avião pensativo, mas tranquilo, pois deixava a impressão de que nada mais lhe restava daquela família.

O que ele queria era resolver seu problema sem interferências de outros para que depois não lhe jogassem a culpa da decisão que tomaria. Ele seria o único responsável, apenas faltava a opinião valiosa do estudo com alguém.

Desceu do avião, no aeroporto da Espanha, deixou a bagagem no hotel e foi à procura do endereço de dom Fernandez e seu advogado Lorenzo, no luxuoso escritório em Madri. Foi recebido com cordialidade e expôs ser uma audiência de estudos.

– Dom Fernandez, vou relatar-lhe um episódio e quero a sua opinião.

Diante do advogado Lorenzo, que permanece, Frederico faz a narração de toda a cena do passado, no seu consultório, sem omitir uma vírgula. E termina:

– Peço ao senhor que me esclareça, pois me julgo culpado do sofrimento de todos. Onde errei?

Dom Fernandez sorriu:

– Frederico, você errou na arma, deveria tomá-la nos seus braços e beijá-la para aplacar a sede e saber se controlar. Você fugiu da paixão que ela despertou, como se fossem as cinzas de um passado recebendo brasas para atiçar o fogo. Ela declarou o amor dramatizado, você enfrentou-a com um revólver tentando matar sua própria paixão. Você teve medo do amor desperto, pois estava recolhido. E fugiu outra vez, realizando o casamento apressado como se fosse um salvo-conduto. Porém, esquecendo-se de que um amor humilhado e desprezado é o mesmo que uma chama irradiando vingança e ódio em corações já revoltados e afastados da luz espiritual.

Frederico comprova, em silêncio, a realidade daquelas palavras. Ele queria um meio de fugir e aceitou a opinião do amigo para apressar o casamento com Celina, sem refletir nas consequências do futuro, pois pesava a ameaça proferida.

Ficou pensativo e despertou com as palavras do advogado:

– Por que não fazem uma acareação, agora?

Dom Fernandez, alegre:

– Boa sugestão, Lorenzo. Vamos organizar este encontro, está disposto ou vai fugir da realidade? Se não a amasse, não estaria aqui nesta revelação. Ah! Não a chame de Cassandra, seu nome agora é Simone Fernandez.

Frederico, no remorso do culpado, descobriu a verdade do seu erro – o amor rejeitado, derramando ódio e vingança. E respondeu:

– Aceito a comprovação.

··· ♡ ···

NO DIA SEGUINTE, ao anoitecer, Frederico se apresenta como um amigo da família que vai visitá-los.

Simone estava receosa, não pretendia estar presente, mas as irmãs insistem e até a ajudam a se preparar, fazendo surgir a beleza espanhola, agora, espiritualizada.

No ato da apresentação empalidece e trêmula diz:

– Fred, me perdoa tudo que lhe fiz, sem reflexão, massacrando corações inocentes.

A resposta, diante de todos, Frederico tomou-a nos braços e beijou-a, alucinado, expressando sua paixão sufocada e explodindo o segredo.

Dom Fernandez e Lorenzo comprovam tudo – eles se amam.

Consuelo, sorrindo, diz às filhas:

– Agora ela se restabelece e teremos um casamento espanhol.

O espírito Celina suspirou e murmurou: "Pela segunda vez deixo-lhes o meu perdão, não mais estarei entre vocês".

Um perfume suave invade a sala onde a família Fernandez está presenciando o encontro de duas almas que se purificaram através da dor do remorso e tiveram o perdão iluminando novos caminhos.

Quando todos pensavam que iriam providenciar os preparativos para o casamento, Simone, ainda emocionada com o beijo, fala:

– Frederico, agradeço-lhe o beijo, mas a vida terrena, venturas e todos seus reflexos, eu própria destruí e não pretendo reerguer nada.

Frederico e presentes ficam estarrecidos, mas a voz dele ressoa:

– Simone, vamos viver na Inglaterra, esquecer tudo, outros cenários.

Ela está decidida:

– Fred, eu imploro, esqueça que estive em sua vida. Procure alguém que realmente possa ajudá-lo neste fim de jornada e que lhe desperte a força do verdadeiro amor. Eu jamais seria feliz com esse remorso que me corrói e faria você infeliz.

Consuelo e as filhas estão estarrecidas.

Dom Fernandez olha o advogado e então se expressa:

– Frederico, com essas palavras fica tudo encerrado entre vocês. Você é jovem, siga sua carreira de médico aliviando outros seres e o seu coração será amparado por Jesus.

Abraçou o jovem médico que estava alarmado e delicadamente o arrasta para outro compartimento, sempre seguido pelo advogado.

– Frederico, aconselho-o a não insistir. Ela renuncia a tudo pelo remorso que a tortura.

Frederico desperta com os últimos esclarecimentos, estende a mão que é agasalhada com firmeza.

– Dom Fernandez, grato por sua acolhida, seguirei viagem até meu tio, na Inglaterra, com o coração e a mente aliviados, pois expressei o amor e o perdão naquele beijo. Vou tentar reconstruir minha vida.

Frederico se afasta de outros entes que estiveram na sua jornada terrena, onde implora perdão deixando também o seu.

Dom Fernandez sente a dor do rapaz:

– Fred, posso lhe dar um conselho de pai?

– É o que mais preciso, me sinto perdido nas estradas.

– Pois, escute-me: Volte ao coração de sua mãe, que é o verdadeiro relicário do amor. Fred, sou riquíssimo, mas nunca me senti feliz, pois o sofrimento sempre esteve ao meu lado de diversas formas, me purificando nesta jornada e as últimas palavras de minha mãe, ainda ressoam: "Filho, receba a riqueza terrena de seus pais, mas a maior ainda é alimentar no seu coração a centelha do amor ao seu próximo que sofre e espera a mão amiga para o amparo". Ela me deixou como patrono de um orfanato, "Luz no Caminho", que fundou com o meu pai, pretendo arrastar Simone para que tenha uma ocupação nobre em sua vida. Sou gratíssimo ao doutor Túlio e sua família pelo perdão que libertou Simone, mas como pai sofro por todos os seus erros.

Frederico saiu dali como se tivesse tomado um choque elétrico. No hotel cancelou a viagem à Inglaterra e retornou a sua pátria, onde um coração materno soluçava por sua ausência e nada sabia do falecimento da filha Thaly.

··· ♡ ···

FRED RETORNOU AO lar uma semana depois.

Aproveitou o horário da mãe estar no hospital e adentrou seu lar para alegria da cozinheira Antônia.

Refugiou-se no seu antigo quarto, atirou-se na poltrona rememorando tudo. Sentia-se sufocado, destruído pela recusa e então avaliou o mal que ele próprio fizera a ela no passado. Sendo, portanto, o causador de toda tragédia familiar e refletiu: "Só avaliamos a dor alheia quando sentimos na própria pele".

As lágrimas vieram-lhe lembrando de que se casara tendo oculto no coração o verdadeiro amor.

Celina foi apenas a conquista de um corpo e o capricho de um homem. Por que não revelava o episódio a sua mãe e Augusto, seu padrasto? Mais uma prova de que receava a verdade. Agora, tudo era cinza, ele queria desaparecer do mundo. Resolveu aproveitar seu diploma de médico refugiando-se no sertão, onde tantos sofrem, por não ter assistência médica.

Seria útil ao sofrimento alheio, esquecendo seu fracassado amor.

Atirou-se na cama e dormiu.

À tarde, quando Mag e Augusto chegaram foram avisados do seu regresso.

A mãe, alegre, ia ao quarto, quando foi retida por Augusto que murmurou:

– Mag, espere, ele quer isolamento por algum motivo. Não se esqueça de ocultar a revelação de Fábio. Fred tem conhecimentos espirituais, portanto, não fará nenhuma loucura. Eu acho que os ares espanhóis o intoxicaram.

Ela reteve sua ansiedade, envolvendo-se na rotina do lar.

Anoitecia, quando Antônia bateu na porta do quarto, como sempre fazia:

– Fred, venha jantar.

Ele despertou, olhou o relógio e resolveu aparecer, recebendo a saudação de Augusto:

– Oh, rapaz, perdeu o rumo e retornou ao nosso carinho?

E a resposta foi:

– Perdi tudo, Augusto, inclusive o caráter.

Augusto socorre:

– Vá tomar seu banho, depois do jantar conversaremos e você encontrará o que julga perdido.

Augusto seria o novo pai para Fred, pois não tivera a ventura paterna com o falecimento da primeira esposa.

Mag beijou a face do filho:

– Estou feliz pelo seu regresso.

Ele retribuiu o beijo e se afastou.

Augusto murmurou:

– Mag, contenha-se. Eu resolverei a questão. Para mim foi a devolução da moeda na confirmação do amor recusado e agora implorado.

Todos à mesa, Augusto brinca:

– Antônia, você se esqueceu do meu prato preferido.

– Ah! Doutor, todos os dias cansa o estômago, só aos domingos, é bom acostumar no meu regulamento de cozinheira.

Durante o jantar os pais observavam o abatimento de Fred que pouco se alimentava, por fim, pediu licença e se dirigiu a sala de estar.

Augusto foi ao seu encontro, pedindo a Mag que os deixasse.

– Fred, vamos conversar e esclarecer tudo. Você é um médico e não pode arruinar sua carreira por erros sentimentais.

Ele contempla o padrasto:

– Augusto, eu sou culpado por tudo que a família do doutor Túlio sofre, hoje. Eu não amei Celina, meu verdadeiro amor era Cassandra. Fui agora implorar seu perdão pedindo que seja minha esposa. Ela recebeu meu beijo, mas fui repudiado conforme eu fiz a ela. Foi o mesmo que receber bofetadas diante de toda família. Eu massacrei seu coração na súplica do passado e despertei seu ódio e a vingança que arruinou a família do doutor Túlio, inocente, mas sacrificada por minha culpa. Vou seguir para o sertão, fugir da sociedade, ser médico sertanista. Mamãe está no seu amparo, eu vou amá-la sempre. Mas peço-lhes que não se envolvam na minha decisão. Só agora, neste martírio, é que descobri o que representa o verdadeiro amor recusado. Seja o amparo para minha mãe, é só o que lhe peço.

Augusto aclara:

– Está decidido, não vamos nos opor a sua vontade.

Ele se ergueu, trocaram um grande abraço e vendo a mãe observando-os se dirigiu e tomando-a nos braços, beijou-a, enquanto ouvia:

– Filho, fique entre nós.

– Mamãe, não me peça nada. Sou feliz vendo Augusto ao seu lado. Darei sempre notícias, não vou esquecê-los.

No dia seguinte Frederico deixava seu lar, saindo de madrugada, mas antes beijava Antônia que deixava lágrimas correrem na saudade do seu menino que partia.

– Antônia, eu voltarei, mas preciso desse refúgio e procurar no sertão o conforto para meu coração cheio de erros. Reze sempre por mim.

Quando Mag e Augusto despertaram encontraram na mesa o bilhete: "Adeus, sempre amarei vocês. Se precisar de ajuda, pedirei. Fred, que beija sua mamãe".

Assim, Frederico se transformou num médico sertanista sufocando a dor dos seus erros, aliviando outros que mais sofrem, esquecidos do socorro médico.

Enquanto o coração de mãe saudosa envelhecia ao lado de Augusto, esperando pelo retorno do filho.

RESOLUÇÃO

NA RESIDÊNCIA, AGASALHADA pela saudade, o doutor Túlio está no seu escritório revendo a papelada e extratos bancários, esquecido das horas.

Nilce, preocupada, procura por ele:

– Túlio, você está há horas preso nesta papelada, vamos almoçar. O que tanto o preocupa?

Ele atende à esposa:

– Nilce, estou pensando: quanto tempo Deus permitirá você ao meu lado?

Ela, carinhosa, agasalha-o nos seus braços:

– Túlio, sempre estarei, vamos envelhecer juntos. Posso saber o que tanto estuda?

– Você notou como Lúcio se afastou de nós? Liguei para a imobiliária. Ele se casou com Helena, no civil, estão na fazenda do tio dela. Entretanto, deixou uma bomba nas mãos do amigo Rubens – um edifício, com seis apartamentos e duas coberturas que não será entregue no prazo por falta de recursos. Ele censurou para o Rubens a entrega que fiz das apólices a Cassandra, pois não era filha dele. Ele já havia entregue todas as joias que foram de Selma e depois tudo foi perdido pelo confisco do governo. Agora, a imobiliária precisa de recursos para cumprir seus compromissos. E ele gastou uma fortuna para prender Cassandra.

Nilce interrompe:

– Túlio, chega de sofrimento por causa dela. As apólices de Celina que você guardava para Thaly podem ser resgatadas e, assim, pagar ao Lúcio, como sendo a devolução das apólices confiscadas. Mamãe tem a pensão do papai e nós sempre vivemos do seu salário. Lúcio se esquece de que você sempre arcou com as despesas de Cassandra, quando o dever era dele, como padrasto. Alivie sua cabeça, volte a sua medicina hospitalar. Vamos reaver nossa paz perdida, embora com saudade.

Ele se ergue e abraça a esposa:

– Obrigado, Nilce, pela sua compreensão eterna ao meu lado. Vou resolver isso, hoje, pois está me perturbando a vibração negativa do Lúcio.

– Túlio, o dinheiro ficará na Terra, só levaremos a paz e nosso amor.

Ele enlaçou a esposa e beijou-lhe a face, afetuoso.

Depois do almoço Túlio compareceu na imobiliária e pediu ao doutor Rubens que o acompanhasse ao Banco, onde resgatou as apólices de Celina e depositou tudo em nome do irmão.

Rubens, alarmado, exclama:

– Túlio, e a sua neta, Thaly? É direito dela.

– Onde ela está não precisa de dinheiro e sim de muita paz e luz – e as lágrimas brilharam.

Só então, Rubens ficou ciente do falecimento de Thaly. Até isso Lúcio ignorava.

A imobiliária seguiu sua rotina e os apartamentos seriam entregues com pequeno atraso, evitando outros problemas jurídicos.

Quando Lúcio retornou e tomou conhecimento do depósito feito pelo irmão, o que salvou seu nome de processos na justiça, apenas elucidou:

– Rubens, eu sempre tive uma desconfiança de que Túlio recebia "extras" do papai, agasalhando-o no seu lar. Depois o velho vendeu a mansão familiar e depositou o dinheiro, em segredo, no banco.

Rubens sentiu uma dor no coração, olhou a esposa de Lúcio e aclarou:

– Lúcio, como você é ingrato para com seu irmão. Este dinheiro é resultado do resgate das apólices de Celina, pois Thaly, que seria sua herdeira, está sepultada também. Viveu meses apenas, depois que foi encontrada perdida pelas ruas.

Aquelas palavras refletiram como pedradas no coração de Lúcio.

Helena se aproximou dele:

– Lúcio, quando é que você despertará para as belezas espirituais? Aclare sua mente. Não será o culpado do sofrimento de Túlio e Nilce? Você entregou-lhes a filha "adotiva" que seria sua, seu encargo como padrasto e foi esta a origem da destruição daquele lar. O egoísmo, o orgulho e o excesso de dinheiro destroem o ser humano.

Lúcio, abalado, com a realidade, pegou o telefone, ligou para o irmão e apenas disse-lhe:

– Túlio, obrigado por tudo e me perdoe o mal que eu lhes fiz através de Cassandra. E ouviu a resposta:

– Seja feliz ao lado de Helena.

O PROFESSOR E A ÓRFÃ

NO DIA SEGUINTE doutor Túlio reassumia suas funções no hospital. Dirigindo-se ao gabinete do diretor Marques, lá encontrou o doutor Vítor em franca palestra.

Ouviu do diretor:

– Túlio, não quer fazer uma avaliação da saúde? O Vítor tem uma proposta para você.

– Obrigado, Marques, mas o trabalho será meu tônico.

Vítor pergunta-lhe:

– Túlio, você foi professor na escola de medicina?

– Sim, durante dez anos e trabalhei no hospital depois.

Vítor sorriu e continuou:

– Eu tenho uma proposta para você. Tenho uma protegida com bolsa de estudos que será submetida ao exame dentro de um mês. Ela tem dois anos de enfermagem, que trancou por falta de recursos e três anos, aqui, como auxiliar de enfermagem, com a permissão do amigo Marques. Ela quer ser médica e poderá alcançar o terceiro ano nesta prova, pois tem as bases já ditas. Você poderá prepará-la, como professor, já na prática. Tenho apostilas das matérias para sua orientação.

Túlio sorriu e indagou:

– Quem vai pagar o professor?

– Nossa amizade e a eterna gratidão de uma órfã. Ela foi

colocada no orfanato das freiras, sem nome e ali frequentou o primário, depois obteve o diploma de normalista. Tudo no "Orfanato Escola", nosso conhecido pela assistência médica. Você terá um mês para esse preparo. A enfermeira chefe, doutora Virgínia, sempre a elogia, como auxiliar. Será mais um ponto no seu currículo.

Túlio refletiu:

– Aceito, se não prejudicar minhas funções aqui.

– Ótimo, vou chamá-la para apresentá-lo.

Instantes depois, Dayse estava presente diante dos três médicos. Túlio se emocionou, lembrando-se do carinho dela nos últimos momentos de Thaly.

Dayse ao contemplar o médico sentiu seus olhos brilharem de lágrimas. Aquele quadro não passou em branco, diante de Vítor e Marques e despertaram com a voz do colega:

– Aceito a aluna. Vamos ao estudo Dayse – e estendeu a mão para a enfermeira.

Dayse se aproximou do médico, enquanto lágrimas deslizavam. Túlio sentiu aquela emoção e agasalhou a jovem, como uma filha. Ela, diante de todos, falou:

– Doutor Túlio, seja também um pai para mim. Eu preciso de um amparo nesta vida, não precisa me adotar no papel jurídico.

As palavras emocionadas tocaram o coração de Túlio que colocou as mãos naquele rostinho e respondeu sorrindo:

– Primeiro vamos estudar, se passar nos exames, serei o papai.

Dayse não se conteve e abraçou o médico, como se procurasse a proteção para sua vida.

Doutor Marques e Vítor não puderam esconder seus sentimentos, mas foram despertados com a chegada da doutora Virgínia.

– Ah, eu queria estar presente, esta jovem, Túlio, é uma pérola abandonada pelos pais. Está com vinte e dois anos lutando para vencer o trauma e procurando o sustentáculo para viver.

Dayse, mais tranquila, respondeu:

– Doutora Virgínia, eu encontrei na senhora, doutor Marques e doutor Vítor o campo florido cobrindo a areia do meu deserto. Agora, com a proteção do doutor Túlio, poderei cultivar as flores.

Túlio compreendeu que Jesus, o grande Mestre, estava preenchendo a lacuna dolorosa do seu coração com o amor e a gratidão de uma órfã.

E para despertar todos das palavras de Dayse, clamou:

– Vítor, entregue-me as apostilas, vamos estudar, Dayse.

Naquele dia, fazendo uma sabatina com sua aluna ficou deslumbrado. Parecia que Dayse já trazia de outras épocas todo o conhecimento médico, só precisando de um apoio nesta existência terrena em que trazia o trauma do abandono, mas daria a todos o florescer para o viver.

Levou para casa o coração fortalecido e repartiu com Nilce, seu amor terreno.

CENTELHAS

DURANTE VINTE DIAS Túlio foi o professor e médico. As aulas eram interrompidas quando o médico atendia seus clientes e Dayse ficava como assistente, era mais uma aula prática.

Entretanto, numa manhã, ele recebe a enfermeira Beatriz, que relata:

– Doutor Túlio, um recado, Dayse não virá, está exausta pelo plantão noturno. Repousa no momento. A doutora Virgínia, ontem, saiu às pressas, pois seu pai passava mal, a enfermeira Estela foi substituí-la e escalar o plantão noturno. Estela logo determinou Dayse para o plantão e dispensou as outras. Temos três operados e cinco em observação, aguardando alta. Eu e Janine não saímos, pois sentimos a responsabilidade, errada, para Dayse. Doutor, ela não descansou a noite inteira, no silêncio, verificava todos os quartos. Pela manhã fui substituí-la sem esperar ordens. Todas nós gostamos muito da Dayse. Isto vai dar problema aqui.

Túlio sentiu a centelha da inveja sobre Dayse e apenas disse:

– Obrigado, volte a sua responsabilidade, vou esperar o Vítor e o doutor Pedro para verificar todos os quartos com seus pacientes.

Todavia, quem primeiro chegou foi a doutora Virgínia e logo ficou ciente e comentou:

– Meu Deus, se acontecesse algo durante a noite, o médico

de plantão iria acusar uma auxiliar de enfermagem. Vou esclarecer tudo.

Túlio recomenda:

– Virgínia, eu tenho outra ideia, você vai dispensar Dayse por vinte dias, ela está em preparo para o exame. Eu farei o resto. Ignore o relato para não envolver a enfermeira Beatriz.

Instantes depois, Túlio e o doutor Pedro, o cirurgião, corriam os quartos dos operados. Todos passaram uma noite maravilhosa.

Um deles disse: "Doutor Pedro, o médico de plantão dormiu e sonhou".

Túlio dirigiu-se à sala de repouso e verificou Dayse, realmente, muito abatida preparando o relatório da noite.

Ele apenas disse-lhe:

– Você vai sair comigo no horário normal, levando tudo que lhe pertence.

Chegando a sua sala, ligou para Nilce:

– Querida, prepare um quarto para nossa hóspede.

– Já está preparado, ela ficará no quarto de Celina, ordem de dona Leonor.

– Nilce, vocês me transportam ao paraíso, com tanta união mental na luz do amor.

– Eu prefiro ela, aqui, sob meus olhos – falou gracejando.

– Eu darei a resposta quando chegar aí – e desligou sorrindo.

Enquanto isso, doutora Virgínia, recebia o relatório noturno e mostrando surpresa interpela:

– Estela! Você escalou Dayse, sozinha, para o plantão noturno? Cometeu falta grave, ela é apenas auxiliar de enfermagem. Escalei você em confiança... anotarei na sua ficha essa falha.

Estela apavorada:

– Doutora Virgínia, por favor, não me prejudique, tantos anos aqui. Eu imploro a senhora, eu me baseei nos elogios que sempre faz a Dayse.

Dayse ouvia tudo no silêncio e pediu:

– Doutora Virgínia, a enfermeira Beatriz me substituiu ao amanhecer, a senhora não poderá colocá-la, como se trabalhássemos juntas?

Virgínia contemplou Dayse com ternura:

– Estela, está vendo por que elogio Dayse? Ela pede por você, contemple o abatimento dela, pela responsabilidade assumida.

Estela abaixou a cabeça, sentindo o peso do erro e ainda ouviu:

– Estela, tudo tem retorno. Cuidado com seus sentimentos, o amor une os seres eternamente, mas a inveja, o egoísmo, o orgulho são pedras no caminho da purificação espiritual. E você, Dayse, terá vinte dias de férias, a partir de amanhã. Está dispensada, por hoje.

Dayse saiu e foi se despedir das colegas, pois sabia que sua vida teria nova estrada.

Enquanto isso, Túlio e Vítor conversavam esclarecendo sobre Dayse.

– Túlio, eu pretendia adotar Dayse, mas minhas duas filhas se opuseram contrariando a mãe – "era uma órfã muito crescida, iria causar problemas" – então encerrei o assunto. Mas continuo seu padrinho para qualquer reforço. Tenho a certeza de que seu coração será preenchido com este amor de filha.

Túlio elucida:

– Vítor, vou passar no "Orfanato Escola", esclarecer tudo à superiora e diretora irmã Angélica e depois levarei Dayse para minha casa, onde Nilce já a espera também.

Mas o telefone toca, encerrando a palestra.

– Fale, Nilce, o que houve?

– Acabo de receber um telefonema do doutor Lorenzo, está resolvendo problemas aqui e virá à tarde falar com você, pois retornará no voo noturno. Veja, com a presença de Dayse, não será muita emoção junta?

Túlio reflete:

– Nilce, deixarei Dayse no colégio onde reside, amanhã a levarei, fique tranquila, vamos receber mais flechas de Cassandra.

Vítor sorri:

– Túlio, ainda não terminou este quadro espanhol?

– Vítor, eu perdoei Cassandra na "palavra", mas meu coração transborda mágoas que procuro sufocar e encontro Fred e seu segredo de amor por ela, que deveria ter sido aclarado e salvo minha Celina e poupado a todos dos sofrimentos que se seguiram. Pretendo, embora ferido, continuar minha jornada terrena amparando Dayse, como filha, na lembrança de minha Celina.

O ADVOGADO LORENZO

ÀS TRÊS HORAS Túlio recebe o advogado Lorenzo e aguarda novo choque.

Entretanto, ele esclarece que viera entregar ao empresário Lúcio o primeiro cheque, pois serão três, referente ao valor confiscado no ato da prisão de Cassandra.

Ele fora abordado pelo advogado Rubens, tentando retirar do fisco o valor das apólices e provando que Cassandra não era filha do empresário Lúcio.

– Dom Fernandez é muito preso à honestidade e resolveu devolver ao empresário o valor em três parcelas a serem descontadas através do Banco Espanhol. Evitando, desta forma, nova carga sobre a filha, pois, seria como um roubo, provando Cassandra não ser filha do empresário. Estranhei a atitude de seu irmão, não comentando com o senhor, pois não iria concordar.

Túlio sorriu:

– Ele não quer que eu saiba, o assunto é dele. Vamos esquecer tudo isso; como vai a heroína deste cenário familiar?

Lorenzo contemplou o médico:

– Doutor Túlio, o perdão familiar operou milagres naquele coração trazendo remorso das suas ações.

Aqui venho para saber se encontraram a jovem Thaly, a pedido de dom Fernandez.

Túlio sentiu as lágrimas:

– Thaly está sepultada, viveu dois meses depois que foi encontrada com anemia profunda e deficiência cardíaca. Devo a Cassandra esta destruição na minha família. Que ela possa encontrar a paz para os novos caminhos através do remorso que traz o arrependimento no sofrimento.

Lorenzo se ergueu, emocionado, e abraçou o doutor Túlio:

– O senhor terá um eterno amigo na Espanha, na pessoa de dom Fernandez e o provo ao senhor, pela minha vida. Sou hoje advogado porque fui amparado por ele, desde os dez anos, quando perdi meus pais. Darei minha vida por ele. É um homem riquíssimo, e só faz o bem, pela memória dos pais. Cassandra foi uma pedra na vida dele. As três filhas são pérolas ao lado da esposa.

Túlio brincou:

– Você vai se casar com alguma delas? Está noivo?

Lorenzo riu:

– Esta aliança era de minha mãe, eu uso para afastar candidatas. Não pretendo me casar tão cedo.

Ele se ergueu, trocaram um grande abraço e ainda esclareceu:

– O restante das apólices será colocado na conta bancária do empresário Lúcio, através do Banco Espanhol. Dom Fernandez quer apagar todo o reflexo deste drama, embora a personagem principal esteja ao seu lado.

Túlio completou:

– E eu também, mas de vez em quando sobra um retalho para mim.

Assim, encerraram a visita, puxando a cortina de mais um cenário das flechas de Cassandra.

••• ♡ •••

ENQUANTO ISSO, NA Espanha, Simone está sentada num banco debaixo de frondosa árvore, muito pensativa quando é despertada pela voz da irmã Carmem.

– Vamos conversar, posso?

Ela ergue o rosto, onde lágrimas correm:

– Sim.

– Simone, você recusa tudo para se distrair, por quê?

– Carmem, eu não consigo esquecer o Fred, é um tormento esse amor, uma obsessão.

Carmem reforça:

– Ele veio implorar o seu amor e você negou. Não foi mais uma vingança sua?

Simone reteve as lágrimas, fixou a irmã e não respondeu.

Carmem tomou coragem:

– Você se intoxicou com ódio e vingança atraindo reflexos extras e julga que todos os sentimentos são iguais. Estive pensando, também, sua vida ao lado de Celina, tão bonita! Por que não foi sincera, confessando seu amor pelo Fred? Tenho certeza de que ela renunciaria por você. O Fred despertaria para o verdadeiro amor e todos seriam felizes. Mas acontece que você, com suas dramatizações, apavorou o Fred. Agora ele se livrou desses reflexos, voltou e encontrou sua recusa, refletindo vingança. Está sozinho no sertão, quando poderiam estar felizes vivendo novos sonhos.

Neste momento, Carmem se ergueu assustada e olhou para todos os lados.

– O que foi, Carmem?

– Estranho, senti a presença de alguém e ouvi um soluço. Será que Fred morreu?

Simone levou as mãos ao rosto e soluçou.

Carmem, carinhosa, se abraçou com ela e ouviu:

– Carmem, desde que me sentei aqui, tive a impressão nítida de que alguém também se sentava, então senti imensa saudade dele e do único beijo que recebi. Arrependi-me da recusa que lhe fiz e isso passou a ser mais um remorso para mim.

Carmem uniu as mãos, e fez uma prece para Fred e terminou:

– Fred, se é você, traz aquela flor que caiu agora.

Simone, gelada, segurou a mão de Carmem vendo a flor ser erguida e desmaiou para o espanto de Carmem que gritou por socorro.

Depois a presença do médico e o desespero da família Fernandez.

O advogado Lorenzo ainda estava no Brasil e logo recebe um telefonema urgente, a fim de se certificar se Fred morreu.

••• ♡ •••

AQUELA NOITE FOI de ansiedade para toda a família. Entretanto, ao amanhecer a chegada de Lorenzo foi abençoada.

Simone continuava num desmaio que mais parecia medo de enfrentar a realidade ou seria outra farsa?

Em poucas palavras Lorenzo confirmou a morte de Fred que esteve hospitalizado e morreu na assistência dos pais, pronunciando o nome de Cassandra.

Lorenzo fez uma pausa como se refletisse, mas dom Fernandez indaga:

– E Thaly?

– Dom Fernandez, a jovem Thaly foi encontrada, porém também repousa ao lado da mãe. Deixou a vida terrena motivada por profunda anemia e deficiência cardíaca.

Dom Fernandez levou as mãos ao rosto e clamou:

– Meu Deus, esta filha destruiu a família do doutor Túlio, que tanto carinho lhe dera. Só falta me matar de tanta dor.

Analusa que estava ao lado do pai, se abraçou com ele:

– Não, papai, o senhor é nosso amparo, precisamos muito do senhor.

Ele ergueu-se, beijou a filha e dirigiu-se ao quarto de Simone:

– Confirmada a morte de Fred e Thaly também.

Todos esperavam uma reação orgânica de Simone, contudo, ela continuou imóvel.

O médico, doutor Garcez, confirmou o estado comatoso e providenciou a remoção hospitalar. A família Fernandez, pesarosa, assiste o término de uma vida, destroçada por um amor obsessivo, arrastando flechas de um passado distante.

Simone viveu meses em estado de coma, lutando com o monstro do remorso e destruindo, mais uma vez, o mapa traçado na espiritualidade. Acorrentada ao peso dos erros seu espírito foi arrastado para o recinto espiritual determinado pelos seus atos terrenos, porém, fortalecida pela luz das preces de todos, suplicando por ela.

O espírito Fred, atraído pelo carinho da saudade materna, receberia novas luzes para seu espírito, desprendendo-se de Cassandra.

··· ♡ ···

MESES DEPOIS, A família Fernandez despertava para novos sonhos.

Lorenzo pedia Carmem em casamento, para a alegria de todos, pois há muito viviam um amor silencioso.

E a cortina do amor, agasalhou a família Fernandez no palco espanhol.

O NOVO LAR

RETORNEMOS AO RELATO de outros personagens.

Doutor Túlio, saindo do hospital, passou no Orfanato Escola, e recolheu Dayse e sua pequena bagagem.

Ela estava emocionada com o novo quadro de sua vida.

Nilce, como sempre, aguardava o marido na varanda da casa, tendo ao seu lado dona Leonor.

Quando o carro estacionou, Dayse saiu e foi abrir a porta da garagem.

Todos se lembraram da meiga Celina correndo para fazer aquele ato.

Dona Leonor que tudo estudava, murmurou:

– Parece-me Celina, reencarnada de cabelos castanhos.

Nilce beijou a nova filha e disse-lhe:

– Espero que você preencha a saudade de nossos corações.

Dayse não conseguia falar, mas dona Leonor despertou-a:

– Venha beijar sua vovó.

Ela se aproximou e as lágrimas retidas então deslizaram pelo rostinho.

– Deus te abençoe, filha, que estas lágrimas iluminem seus caminhos no amor de Jesus.

Dona Francisca caprichava no almoço e um cheiro gostoso se

espalhava. Doutor Túlio carregava a mala de Dayse colocando-a na porta do quarto.

Nilce, então, explicou:

– Dayse, venha ao seu quarto, pois o almoço será servido.

Túlio observava, silencioso, aquela recepção e agradecia a Deus por poder amparar aquela jovem nas estradas da vida.

Ao abrir a porta do seu quarto ela exclamou:

– Eu vou ficar aqui!!

Nilce sorri e elucida:

– Este quarto suíte era de Celina quando solteira. Você vai sufocar a nossa saudade.

Ela juntou as mãos:

– Jesus, agasalhe o espírito Celina no perfume do seu amor.

Neste momento as cortinas do quarto se erguem, como que empurradas, e um suave perfume invadiu todo o quarto.

Nilce, emocionada, abraçou Dayse, pois conhecia aquele aroma.

Entretanto, todos despertavam com a voz de Francisca:

– Vamos almoçar que estômago vazio e com muitas emoções faz mal, diz o doutor.

Instantes depois, todos à mesa esperando Dayse que se encontra com a cozinheira levando o último prato e lhe diz:

– Se não gostar do almoço pode reclamar.

A resposta foi um beijo no rosto de Francisca.

E, assim, com seu carisma ela conquistava toda a família que a recebia como a uma filha regressando de uma viagem.

··· ♡ ···

AO ANOITECER, DAYSE, revelara a todos como fora sua vida no orfanato, as travessuras, mas também o horário das orações e conselhos da irmã Celeste, sempre lembrando que Deus tudo vê e nos recompensa de acordo com nossos atos. Aquela noite Dayse sentiu-se uma princesa dormindo no quarto que fora de Celina.

Logo cedo, o doutor Túlio lhe diz:

– Dayse, o meu escritório com livros para sua consulta.

E exibindo folhas de papel completa:

– Aqui estão questões possíveis para a prova escrita que será amanhã.

Ela estava encantada com tantos livros à sua disposição e ali permaneceu até a hora em que Nilce, carinhosa, foi levar um lanche e encontrou-a lendo *O Livro dos Espíritos*, em vez de compêndios médicos e se assusta com a chegada de Nilce.

– Ah, não precisava. Posso chamá-la de "mamãe"?

A resposta foi um beijo:

– Você será o reflexo de Celina para nós.

– Eu fiz o trabalho que o papai deixou, rápido, e procuro neste livro saber como os espíritos nos ajudam. Eu fui criada numa religião que respeito, mas algo me faltava para tudo compreender.

··· ♡ ···

VAMOS ENCONTRAR DOUTOR Túlio na escola de medicina verificando se a inscrição de Dayse estava correta, e seus olhos brilham com as lágrimas quando lê: "Dayse da Silva – órfã – pais ignorados".

Ele pede à encarregada que acrescente: "Será adotada pelo casal Túlio Novallis".

Regressando ao lar, reflete: "Fui pai forçado de Cassandra, que tanto nos feriu em troca do amor que recebia. E pai saudoso de minha Celina, agora, Dayse será nosso conforto. Espero que Deus fortaleça meu coração na doce luz da resignação".

O espírito Celina ali estava ao seu lado, no carro, e ele recebeu o beijo carinhoso que lhe trouxe lágrimas.

A PROVA ESCRITA

Finalmente, a prova escrita.

O doutor Túlio deixa sua protegida na porta do educandário, dando-lhe um beijo paternal:

– Dayse, quando terminar, espere-me aqui.

Ela adentra, acompanhada por outros candidatos, e se dirige ao salão determinado onde a doutora Yeda e mais dois médicos já estão aguardando para o início da prova.

Todos acomodados aguardam a orientação através da doutora Yeda, que inicia sorrindo:

– Podem sentar bem separados, pois as questões são diferentes, portanto, não esperem ajuda extra. Vou esclarecendo e entregando as provas. Segunda chamada: Raquel, Teresa, Paulo e César. Transferidas de outras escolas: Ângela e Estela. Matrícula trancada: Dayse. Todos candidatos ao terceiro ano de medicina, feliz prova e qualquer dúvida, por favor, levantem a mão.

Quando Dayse recebeu as questões, seus olhos brilharam e murmurou: "Jesus, me ajude, se eu merecer".

Entretanto, as lágrimas que despontavam foram substituídas por lindo sorriso, pois ali estavam as questões que o doutor Túlio havia organizado para seu estudo. Ela se esqueceu do recinto e se transportou ao escritório revendo todo o seu trabalho e escrevia sem parar.

Contudo, sentiu que olhavam para ela, interrompeu a escrita e procurou, e, foi no olhar de um dos médicos da mesa que retribuiu com um sorriso sua busca.

Retornou à escrita, terminando toda a prova, releu as questões e agradeceu a Jesus.

Foi a última a entregar; novamente, o olhar sobre ela, porém desperta com perguntas da doutora Yeda.

– Dayse, na sua inscrição diz ser órfã, quando perdeu seus pais? E como estudou para esta prova, pois demonstrou conhecimento.

Dayse estava trêmula, sem saber o porquê, mas sua meiga voz ressoou:

– Doutora Yeda eu fui deixada na cesta do "Orfanato Escola", dirigido pelas freiras e lá cresci e estudei. Não sei por que fui renegada, pois nem roupa e nome me deram. Estava enrolada na toalha rosa do primeiro banho e chorava muito. Assim me contou irmã Celeste. Quanto ao meu estudo, foi o doutor Túlio quem me preparou e vai me receber, como filha, na saudade de Celina.

Um dos médicos se ergueu, procurando esconder sua emoção e se retirou silencioso.

O outro exclamou:

– Ah, o doutor Túlio, grande professor, que saudade tenho de suas aulas, ele virava o corpo humano pelo avesso a fim de explicar todas as funções – a "maravilha divina".

Dayse notou o afastamento do outro médico, mas Yeda se levantou e beijou-a carinhosamente e ainda disse:

– Dayse, a prova oral será na quinta-feira, estude, pois queremos você aqui, entre nós. Sua bolsa de estudos está comprovada e receba o carinho da família do doutor Túlio.

Dayse, emocionada, agradece desejando a todos saúde e a proteção de Deus.

Dayse saía pensativa do educandário, quando avistou o carro do doutor Túlio, se apressou para logo ouvir:

– Dayse, tudo bem?

– Ah, ótimo. Como o senhor organizou a prova para mim? Só três questões diferentes.

Ele riu e esclareceu:

– Dayse, fui professor aqui, e em muitas provas organizei as questões para os outros professores, colegas. Não houve nada de errado, apenas recordação do passado. Mas você está preocupada, por quê?

O médico ligou o carro, enquanto ela falava:

– Foram três médicos presentes, porém um deles me olhava tanto que interrompi a escrita a fim de procurar. Depois a doutora Yeda me fez perguntas – quando perdi meus pais e como estudei para esta prova. Esclareci tudo e o tal médico se retirou de repente e a doutora Yeda me beijou, pedindo que estudasse bastante, pois todos queriam a minha presença ali. Achei o olhar do médico estranho sobre mim e sua retirada silenciosa.

O doutor Túlio brincou, mas estava reflexivo:

– Será que ele se apaixonou por você? É jovem, sabe o nome?

– Não sei, mas tem semblante triste, cabelos grisalhos. Parece-me casado com a doutora Yeda. O outro que elogiou o senhor é o Ciro.

O doutor Túlio estava preocupado, mas disse-lhe:

– Então vamos estudar as questões possíveis e o diagnóstico das doenças. E nada de namorar os médicos da banca examinadora.

– Pode ficar tranquilo, eu só quero estudar e agradecer a Deus por esta fase da minha vida.

O PREDESTINADO

TERÇA-FEIRA DE UM bonito dia, mas o doutor Túlio amanheceu preocupado com um sonho.

Seu falecido pai pedia-lhe que fosse urgente atender ao irmão, afastado da família.

Ele comentava com a esposa e logo ouviu dona Leonor:

– É verdade, Túlio, seu irmão está muito mal.

Com esta confirmação, ele pediu que Nilce não se preocupasse com sua ausência, pois iria resolver tudo, assim que chegasse ao hospital.

Deixou trabalho para o estudo de Dayse e partiu recebendo os beijos familiares.

Entretanto, Rubens, aflito, já o esperava, e juntos seguiram para sua sala, e logo indaga:

– O que há com o Lúcio ou é consulta para você?

O advogado esclarece que Lúcio está com mania de comprar terrenos, a fim de aplicar a fortuna devolvida por dom Fernandez. Os dois discutiram e ele prometeu deixar a sociedade. Agora, ele se julgava culpado pelo que aconteceu. Soube, através de Helena, que na fazenda Lúcio foi galopar, pois estava muito nervoso, porém quando ia montar, o cavalariço gritou:

– Senhor, espere, não está preparado para montar.

Contudo, era tarde, a sela ainda não ajustada rolou e, Lúcio veio ao chão duro, gritando de dor.

O médico da fazenda fez o possível, e tratava de sua remoção para um hospital, entretanto, Lúcio erguendo a voz impôs sua autoridade dizendo que não iria, pois era apenas uma luxação.

Túlio estava preocupado e interrompeu:

– Quando foi isso? Por que não me chamaram?

– Ele proibiu Helena. Túlio, a fortuna perturbou a mente de Lúcio, ele se negou a devolver sua parte. Há quinze dias sofre dores em cima de uma cama e Helena, aflita, resolveu romper a ordem suplicando sua presença, pois todos estão preocupados.

Túlio, reflexivo, tudo escutava. De repente se ergueu:

– Um momento, Rubens, vou providenciar uma ambulância e você nos dará o endereço da fazenda.

Minutos depois, regressava com o colega Vítor e o chofer Joel que, atencioso, escutava o roteiro da viagem para logo, alegre, dizer:

– Doutor Túlio, vamos embora, chegamos numa hora, sem alardes.

– Rubens, você não deve ir para não se envolver mais. Deixe comigo e meu pai.

Depois pediu ao colega Vítor que atendesse em seu lugar as emergências e partiram.

Joel trabalhava há cinco anos como chofer das ambulâncias. Era sempre requisitado para longos trajetos, pela sua alegria para com todos.

Durante a viagem Túlio estava pensativo quando foi despertado:

– Doutor Túlio, se ele estiver com fraturas, eu sei de uma clínica ortopédica – "Doutor Thomaz" –, ele sai de lá, novinho em folha.

– Joel você captou o meu pensamento, pois refletia se o levaria ao meu hospital ou direto à ortopedia.

– Pois descanse a mente e vamos em frente. Até que a estrada é bonita, vamos chegar em silêncio para não assustar, olha lá a fazenda.

Assim que a ambulância parou, Helena saiu correndo e se abraçou com Túlio em prantos, pois Rubens a avisara.

Ele agasalhou a cunhada e tranquilizou-a:

– Fique tranquila, vou levá-lo daqui. Leve-me ao quarto e você não aparece.

Quando Túlio adentrou o salão, levou um tremendo susto com o grito do irmão e logo a voz do doutor Antônio:

– Lúcio, você não pode continuar aqui, tem ossos quebrados, vai acabar morrendo, eu não posso fazer mais nada para aliviar as suas dores.

Túlio apareceu na porta do quarto e Lúcio encarou o irmão gritando:

– Quem te chamou aqui?

– Nosso pai, que continua preocupado com você e suas rebeldias.

– Eu caí do cavalo, é só uma luxação, estou bem.

– Descanse, pois vou examiná-lo, antes preciso conversar com o doutor Antônio.

Túlio retornou ao salão com o médico e sorriu pela presteza de Joel, pois a maca já estava na porta e ouviu do colega:

– Doutor Túlio, ele tem costelas e ombro afetados, pois caiu com todo seu peso no chão duro, sente dores quando se move.

E os dois médicos combinaram de como iriam removê-lo.

A maca seria colocada rente à cama, transportariam no próprio lençol o corpo de Lúcio, sem tocá-lo. Mas Túlio sabia que teria ajuda espiritual. E Joel aguardava o sinal para entrar.

Túlio iria examiná-lo e o doutor Antônio com um lenço, embebido no anestésico, faria seu trabalho. Quando Lúcio acordasse já estaria no centro ortopédico.

No salão, Helena, abatidíssima, chorava nos braços do tio, mas ouviu a voz de Túlio:

– Fique tranquila, vai dar tudo certo e procure neste período cuidar de você.

Voltou ao quarto e, minuciosamente, examinava Lúcio e no seu coração, doutor Túlio não via, mas dois médicos espirituais ali estavam dando-lhe cobertura, pelo seu grande amor à medicina.

Enquanto Túlio examinava, o doutor Antônio recebeu o sinal e agiu com o lenço. Lúcio apenas disse: que cheiro é...

Joel colocava a maca e, depois, todos juntos, o colocaram na ambulância.

– Joel, você vai sozinho, pois irei ao lado dele, poderá despertar durante a viagem. Vamos rápido para sua clínica "Doutor Thomaz".

Túlio sentia a rapidez do trajeto, a estrada encurtava e despertou com a chamada:

– Pronto, doutor, chegamos.

Túlio saiu e diante dele brilhava: "Clínica Ortopédica Doutor Thomaz".

Um prédio simples, mas irradiava uma energia mágica, quando assim pensava, ouviu uma voz extra: "Estou feliz, consegui a aproximação que desejava". Túlio mentaliza, pensando no irmão: "Você providenciou a queda do cavalo"? "Não, isso foi imprudência dele, mas aproveitei para trazer você aqui. Sou o guia espiritual desta clínica e somos colegas".

Quando Túlio despertou da conversa espiritual viu Joel saindo da clínica acompanhado por um médico e um enfermeiro.

– Doutor Túlio, este é o doutor Ivan, especialista em consertar esqueletos.

Os dois médicos, rindo, uniram as mãos enquanto dois espíritos também sorriam felizes.

Joel já providenciava a retirada da maca com o enfermeiro.

Túlio, então, disse:

– Até parece que ele é sócio daqui.

Ao que Ivan respondeu:

– Isto é gratidão, Túlio. Há anos, eu socorri o pai dele, gente humilde, ele jurou que seria meu escravo, mas se tornou um grande amigo de todos aqui.

Ao adentrarem, Túlio avistou a médica e Ivan a chama:

– Yeda, venha conhecer o doutor Túlio que nos traz o irmão para nosso socorro ortopédico.

Yeda e Túlio pensam o mesmo, enquanto as mãos se unem: "Meu Deus, por que essa aproximação"? Mas logo a voz de Yeda ressoa despertando para outro lado:

– Doutor Túlio, a prova escrita de Dayse foi maravilhosa, porém vamos socorrer seu irmão.

Ivan já levara Lúcio para a radiografia, ainda sob o efeito da anestesia do doutor Antônio. Pouco depois retornava com as chapas para estudo.

– Doutor Túlio, o mais grave são as costelas quebradas e uma está solta flutuando com o movimento, poderá afetar o pulmão e o nervo da coluna. Portanto, devemos operar rápido com anestesia local, pois ainda está sob efeito da outra. O senhor nos dará assistência também.

Assim, o doutor Túlio se viu envolvido na cirurgia, assistindo tudo e comprovando que o médico não trabalhava sozinho, mão invisível agia junto a dele. E completou a maravilha da operação, evitando tudo que pudesse ocasionar problemas futuros.

Lúcio ficaria internado, ali, em repouso, novas radiografias e reposição orgânica, pois estava debilitado devido a sua rebeldia.

Túlio estava preocupado sobre onde ficaria o irmão e sentiu a tranquilidade nas palavras do doutor Ivan:

– Túlio, não se preocupe, ele será bem tratado e voltará a sua atividade normal.

– Ivan, pode cobrar o preço normal, ele é dono de uma imobiliária e precisa de uma lição drástica. Agora, aliviando as nossas mentes: por que esta clínica tem o nome de doutor Thomaz? Eu não o conheci.

Ivan sorriu:

– Túlio, eu sou espírita, como você. Era meu avô, que continua trabalhando comigo, ele me fez estudar ortopedia. Estou renovando tudo com o progresso que surge.

Yeda olhava os dois médicos como irmãos e pensava: "Maria Clara, creio que sua filha está feliz e Ivan ficará tranquilo".

Enquanto conversavam, Lúcio desperta zonzo da anestesia e grita:

– O que fizeram comigo? Estou amarrado.

Os médicos entram rápido e Túlio se dirige ao irmão:

– Lúcio, não grite, você está em uma cama ortopédica, pois foi operado, depois verá o estrago que você fez pela sua rebeldia. Ainda sente dores?

Ele, vencido, responde:

– Não...

– Então, não reclame, durma para repor as energias e receba a medicação calado.

Ivan observava o respeito que Túlio impunha ao irmão, porém estava abatido pela responsabilidade, e sem alimentação.

Yeda sugeriu:

– Dei almoço ao Joel, estava com fome, e o senhor?

– Obrigado, doutora Yeda, mas eu prefiro me atirar na cama e dormir três dias seguidos. Preciso entregar a ambulância e liberar o Joel. Deixo meu telefone e regresso tranquilo. Minha família deve estar preocupada com minha demora e Dayse não terá aulas hoje. Sinto que temos muito o que conversar, futuramente.

Ivan deu um grande abraço em Túlio, sob o sorriso de Yeda.

··· ♡ ···

NO HOSPITAL, DOUTOR Túlio, sorrindo, abraçou Joel agradecendo-lhe o transporte.

Dirigiu-se à sala onde doutor Vítor o aguardava e logo ouviu:

– Túlio, que surra! Como está abatido...

– Vítor, temos novidades sobre Dayse, encontrei o pai dela, portanto, não poderei adotá-la sem antes obter informações. Recebi dois golpes hoje: essa descoberta e a operação urgente de Lúcio.

– Túlio, quem é o herói?

– Lembra-se da prova escrita e do olhar do médico sobre ela? É o doutor Ivan, justamente o médico que me socorreu com o Lúcio e é casado com a doutora Yeda. Preciso, portanto, conversar, longamente, a fim de saber o motivo do abandono e preparar o coração dela.

– Túlio, vá descansar, pois Nilce telefonou procurando notícias e o Rubens também.

Era tarde quando o doutor Túlio chegou ao seu lar e logo recebeu a ternura de todos.

Dayse beijou-lhe a face:

– Pai, não precisa me dar aula hoje, estudei a tarde toda sentindo a presença de um espírito me inspirando. Seu escritório é um lugar maravilhoso.

Túlio sorriu e foi se cuidar, tendo Nilce ao seu lado e então sussurrou:

– Nilce, vamos perder Dayse, o pai poderá resgatá-la. Eu sou predestinado a receber filhas alheias e tentar ajudá-las.

Nilce ajuda o marido no laço da gravata:

– Ah, Túlio. Ela é um anjo de ternura para com a mamãe. E, hoje me fez lembrar tanto de nossa Celina.

– Nilce, muito cuidado, ela está em exames finais, não deve saber agora. Vamos aproveitar a fase de resignação com a presença dela... Por quanto tempo Deus nos dará este tônico espiritual?

Duas lágrimas desceram silenciosamente dos olhos do médico e recebeu um beijo da esposa emocionada.

São despertados com o ressoar do telefone que o doutor Túlio logo atende:

– Rubens, estou chegando agora. Lúcio foi operado, passa bem. Diga ao doutor Antônio que poderá visitá-lo amanhã e comprovar tudo. Deixe Helena repousar para suportá-lo depois.

Logo cedo o doutor Antônio apareceu na clínica ortopédica e assiste todo o tratamento matinal.

Pouco depois Lúcio indaga:

– Por que Helena não veio? E, ao senhor, peço-lhe desculpas pela minha rebeldia.

– Helena está em repouso, pois perdeu o bebê que esperava e agora vai precisar de longo tratamento.

Lúcio não responde, pois se sente culpado de tudo.

••• ♡ •••

ENQUANTO ISSO DOUTOR Túlio, na sua residência, organiza tarefas para o estudo de Dayse e segue para sua rotina hospitalar.

Martírio das Recordações

No horário da tarde, doutor Túlio vai visitar o irmão e encontrando-se com o doutor Antônio recebe as últimas notícias do Lúcio sobre Helena e apenas murmura:

– Lúcio destruiu um sonho da Helena.

Resolve primeiro falar com o doutor Ivan e pede ao enfermeiro André que o anuncie, sendo recebido no gabinete médico onde está com a esposa Yeda, que vai se retirar, mas Túlio lhe pede:

– Por favor, doutora Yeda, permaneça – e seu olhar recai num retrato sobre a mesa, onde as feições de Dayse são lembradas.

– Quem é essa moça?

Ivan demonstra emoção:

– Maria Clara, minha falecida esposa. Yeda é uma esposa-mãe.

Túlio sente que tudo se aclara e segue:

– Ivan, venho talvez magoá-lo nas recordações, entretanto, preciso do esclarecimento, pois pretendia adotar Dayse, porém, tenho certeza de que é sua filha, por favor, confira o DNA que eu lhe trago.

Duas lágrimas pesadas correm pela face do grande cirurgião.

– Ivan, abra seu coração, eu vou compreender sua dor, pois passei por grandes golpes também com minha filha e, depois, minha neta.

Yeda se aproxima do marido:

– Estou lembrada do seu drama, doutor Túlio, justamente na época em que Ivan e Maria Clara se casavam. Que estranho, agora vocês se encontram na mesma dor. Será reflexo de algum passado?

– Doutora Yeda, não abra a cortina do esquecido passado, pela bondade suprema, poderemos nos assustar. Vamos consertar enquanto aqui caminhamos.

Ivan interrompe o diálogo:

– Túlio, confirmo: Dayse é minha filha, raptada pelo avô, no dia do parto, o que ocasionou a morte de Maria Clara. Seu nome seria Ivany.

Ivan levou as mãos à cabeça e soluçou diante do colega.

Túlio sentiu sua dor e presenciou o carinho de Yeda para com ele.

– Ivan, vamos parar por hoje. Fique tranquilo quanto à recepção de Dayse quando souber a verdade. Ela foi preparada pelas freiras, na luz da humildade, amor e perdão. Deixe passar a fase dos exames, eu e Nilce iremos prepará-la para seu coração de pai. Ela vai amá-lo, como filha saudosa, que regressa de uma viagem.

Ivan ergueu a cabeça:

– Túlio, ela encontrou o carinho entre vocês, pois o coração pisado pelo abandono ocasionou-lhe um trauma.

– Ivan, ela foi arrancada do seu coração. Não se esqueça de que Maria Clara sofre enquanto não colocar nos seus braços o fruto deste amor. Vou devolver ao seu coração a filha que lhe será o anjo de sua velhice, aguarde. Deixe-me visitar o Lúcio e noutro dia seguiremos sua narrativa, sempre na presença da esposa-mãe. Lembre-se que tivemos outras vidas que ficaram ocultas para que possamos seguir nova estrada.

Chegando ao quarto de Lúcio, ele brinca:

– Mas está muito bem, até a barba foi feita.

– Túlio, deixe de brincadeiras, estou louco para sair daqui. A imobiliária está parada, pois o Rubens se afastou.

– Fique tranquilo, pois Rubens continuará até sua recuperação, depois vocês se esclarecem em novo clima. Entretanto, eu pedi que ele cancelasse todas as compras de novos terrenos, mas não parasse as construções, a fim de evitar problemas futuros.

Quando terminou, Lúcio se esqueceu do local hospitalar e alterou a voz:

– Você não poderia dar ordens, cancelar as compras! Eu sou o dono da imobiliária.

Túlio sorriu:

– Você se esquece de que eu tenho capital, sem juros, em suas mãos? O que recebeu de dom Fernandez pode evaporar, estou, portanto, resguardando o que me pertence também.

Lúcio despertou com as novas palavras do irmão e calou, mas demonstrou no semblante que recebera o alerta.

– Tudo bem, Túlio, agora, quanto vou gastar aqui? Você é o médico, terei descontos e minhas roupas?

– Por ora, suas roupas serão as do hospital, quando receber alta, receberá as suas de volta. Quanto ao desconto, já o recebeu: a ambulância de outro hospital, minha responsabilidade de trazê-lo anestesiado, sem socorro de emergências, durante um caminho desconhecido para mim. Lúcio, você sentiu o que eu sofri neste trajeto? Você é o único autor de todo este drama. Quanto a sua alta, está nas mãos do doutor Ivan. Lúcio, estou exausto das suas ambições, egoísmo e rebeldia! Siga seu destino.

Lúcio desperta com as palavras do irmão:

– Túlio, me perdoe e não me abandone, por favor.

– Até amanhã e não se esqueça de que seu tempo de criança ficou muito distante.

Túlio saiu do quarto levando as palavras e se encontra com a médica Yeda, que lhe estende um caderno.

– Doutor Túlio, aqui está o relato da vida de Maria Clara, escrito por ela, porém com acréscimos de Odila e Georgina. Espero esclarecer a Dayse o porquê do abandono num orfanato.

– Doutora Yeda, agradeço-lhe a confiança, em breve retornará às suas mãos.

– Doutor Túlio, há muito aprecio o senhor pelo que ouço. Tenho certeza de que Dayse estará feliz com vocês. Estarei presente no exame oral.

– Então, doutora Yeda, vamos ajudar o Ivan nesta dor que o tortura, pois já senti este martírio.

Ele entrou no carro, deu-lhe adeus, seguindo seu destino, no lar, porém, esperava tudo, referente a Dayse.

Ele sabia que o viver terreno seria sua purificação espiritual por algo de outras vidas. E sabia também que um dia encontraria novamente sua meiga Celina, aquela filha que foi um botão de rosa esfacelado, mas que deixou perfume no coração dos pais.

Avistou, ao longe, Dayse molhando as plantas, mas tudo largou e correu abrindo o portão e logo ouviu:

– Por que chegou tão tarde? Estávamos preocupadas.

Ele sorriu e beijou-lhe a face para logo ir ao encontro de Nilce e receber a mesma pergunta.

– Estão me controlando muito. Logo a noite saberemos o porquê do abandono de Dayse – confidenciou à esposa.

··· ♡ ···

E A NOITE descia silenciosa, o céu se cobria de estrelas e o perfume das flores se espalhava na cálida noite. O silêncio reinava naquele lar.

Túlio foi ao escritório, retirou o caderno da sua maleta médica, e retornando ao quarto passou a ler ao lado de Nilce.

DIÁRIO DE MARIA CLARA

RESOLVI ESCREVER PORQUE não me esqueço do dia mais triste de minha vida, pois era muito feliz.

Naquele entardecer estava ao lado de minha mãe, quando meu pai se aproximou:

– Clarice, amanhã meu advogado trará o processo para você assinar, tudo conforme combinamos, amigavelmente.

Mamãe respondeu:

– Você resolveu assumir seu novo amor, sua secretária Solange! Há muito que eu sei, Afrânio, que saí do seu coração. Entretanto, você não esclareceu onde eu e Maria Clara ficaremos.

Meu pai nos olhou:

– Como sou empresário, ficarei aqui, na mansão. Vocês ficarão na casa de campo, por ora, e receberão o apartamento que prometi em nome de Maria Clara. Pretendo viajar, portanto, não tenho pressa na mudança de vocês.

Eu vi as lágrimas correrem no lindo rosto de mamãe e depois sua voz ressoou:

– Afrânio, seja feliz, não seremos obstáculo em sua vida.

Ela se ergueu e segurando a minha mão arrastou-me até seu quarto, só aí verifiquei que estavam separados há muito.

– Filha, defenda seus direitos. Em breve estará casada e eu sempre estarei olhando por você.

Naquela noite recebi um beijo de minha mãe e um longo abraço.

Eu me assustei e indaguei:

– Mamãe, por que me abraçou assim?

– Você é meu tesouro, continue tendo Georgina como sua segunda mãe, se eu faltar algum dia.

Georgina era nossa governanta, mas uma grande amiga também.

Aquela noite foi estranha para mim. Adormeci sentindo os beijos da mamãe e uma saudade infinita de minha infância ao lado das duas mães, Clarice e Georgina.

No dia seguinte despertei com um alvoroço estranho e meu pai ao telefone.

Corri ao quarto de mamãe e encontrei Georgina ajoelhada a rezar.

No leito, mamãe imóvel e um sorriso iluminando seu rosto.

Não chorei, não senti lágrimas, era como se em sonhos eu já soubesse.

Chegou o médico e constatou "colapso", que já era previsto por ele, pois dava-lhe assistência.

Olhei para o meu pai e falei:

– Agora o senhor está viúvo. Cancele o processo da separação.

Senti o assombro no rosto do médico e logo a pergunta:

– Afrânio, você estava se separando de Clarice? Então aí está a causa de sua morte.

Atirei-me nos braços de Georgina e solucei.

– Fique tranquila, estarei sempre ao seu lado.

No dia seguinte a certeza do adeus do mundo terreno. Que vazio estava meu coração, ela levou todo meu amor.

Dias depois, meu pai, entregou-me as chaves da casa de campo:

– Vai passar uns dias lá com Georgina e preparar a sua permanência.

Senti meu sangue esquentar:

– Papai, não vou e continuarei aqui, e não me envolverei na vida de vocês.

Vi a palidez no rosto de meu pai e senti que a batalha começava.

Ele, porém, não perdeu a autoridade e retornou ao ataque indagando:

– Onde estão as joias da sua mãe?

Aí eu me assustei:

– Não sei, papai, pois nem anel de formatura eu recebi.

Meu pai, furioso, segurou-me pelos ombros:

– Maria Clara, não brinque comigo!

Antes que se agravasse a situação, a voz de Georgina veio em meu socorro:

– Senhor Afrânio, as joias estão no penhor bancário, pois o senhor não depositou mais a favor de dona Clarice, e ela precisava de dinheiro para seu tratamento cardíaco. Eu sei onde estão os recibos no quarto dela. Vou buscar.

Ao verificar todos, meu pai ficou rubro de cólera e gritou:

– Ela não recolheu no prazo, estão perdidas.

Georgina se explica:

– Senhor Afrânio, como ela poderia, se não tinha o dinheiro? O senhor vai ao banco e comprova tudo.

Ele deu um murro na mesa e saiu levando os recibos.

Eu respirei fundo e recebi um beijo de Georgina, despertando-me para a realidade de minha vida, agora.

– Georgina, vou aceitar o emprego na casa de madame Olga e praticar meu curso de administração, terei meu salário até encontrar alguém que me ampare com verdadeiro amor.

– Vou também ajudar madame Olga com outros retalhos, pois sei onde recolher. Ela tem uma seção de iniciantes que trabalha fazendo roupinhas para bebês e crianças pobres, é seu lado caritativo.

Georgina, emocionada, me abraçou e segredou-me:

– Enquanto eu viver nada te faltará, jurei a sua mãe.

Um ano mais tarde ela me confessou que o dinheiro das joias estava em seu nome, noutro banco, para que nada me faltasse nesta vida, era a "centelha do amor de mãe".

Naquele mesmo dia fui segurar meu emprego e quando regressei levei um tremendo susto com as bagagens de Solange que chegavam.

Realmente, era linda a nova dona do "Solar Afrânio" – o industrial – e o orgulho do meu pai aumentaria.

Eu jurei a mim mesma que não me envolveria com o casal, embora estivéssemos sob o mesmo teto.

Aquela noite seria o primeiro jantar e Georgina me consultou:

– Filha, coloco seu prato ou...

Respondi logo:

– Não, minha alimentação será na copa, deixe o casal no astral deles, estarei mais tranquila.

Entretanto, à noite ouvi a voz de Solange:

– Afrânio, por que sua filha não compartilha a nossa mesa?

E a resposta foi:

– É melhor assim.

Solange ganhou um ponto comigo e meu pai continuava o poderoso industrial.

Todas as manhãs trocávamos as saudações do costume familiar.

Depois, ele e Solange seguiam rumo à indústria, de carro, e

eu esperava o ônibus que seguiria para meu trabalho, iniciando a nova fase de minha vida.

Dias depois, resolvi ir ao departamento da indústria onde os retalhos eram doados e lá encontrei o vovô Roger, um velhinho querido por todos e eu entrei neste grupo.

Ah, que dia de luzes e amor. Eu saía com enorme volume à procura de táxi quando avistei um carro particular à espera de alguém. Meu coração disparou e me assustei quando me ofereceu ajuda. Eu me lembrei da frase da mamãe "em breve estará casada". Entrei no carro, trêmula, enquanto ele esclarecia ser filho do velho Roger e estava a sua espera, porém teria imenso prazer em me ajudar até o destino.

Eu não conseguia falar, e ele ria da minha timidez.

– Por que está tão assustada? Sou médico, tenho 26 anos e procuro uma esposa.

Eu pensei que iria desmaiar, mas desatei a rir, pois seria o meu primeiro namorado e pensava: "procurando retalhos encontrei meu marido".

Ah, que dia de luz e amor, meu coração bailava num lago azul, coberto de pétalas de rosas perfumadas e o nome Ivan ficou gravado no meu coração. Vivemos, então, um lindo sonho de amor.

Contudo, um espião avisou ao meu pai dos encontros e o velho Roger foi chamado para esclarecer quem era a moça que recolhia retalhos todos os meses.

Ah, que noite tempestuosa foi aquela.

No horário do jantar, na presença de Solange, fui chamada.

– Maria Clara, quem é o rapaz que a ajuda no transporte dos retalhos?

– Meu pai, eu tenho vinte e três anos, tenho o salário do meu emprego, é meu namorado, filho do senhor Roger.

Meu pai ficou lívido e Solange tentou acalmá-lo:

– Afrânio, o que é isso? Sua filha tem direito de procurar sua felicidade.

Eu, assustada pensava: seja qual for o interesse de Solange, ela ganhou mais um ponto comigo, pois tentou dominar a fera, mas foi inútil, meu pai gritou:

– Não permitirei este namoro.

Eu respondi tranquila:

– Pai, será melhor para o senhor, deixarei sua mansão.

Ah, Deus de misericórdia. Quando ele sentiu minha certeza deu o clássico murro na mesa e de repente silenciou, como se algo estalasse no seu cérebro. Eu aproveitei e saí da reunião, mas antes agradeci a Solange.

No dia seguinte, o velho Roger recebia carta de demissão, sem aviso prévio, o que ocasionou sua morte pelo golpe.

Ivan estava transtornado e eu estive ao seu lado o tempo todo, pois me sentia culpada. Entretanto, recebi o beijo de amor e o esclarecimento de que meu pai sempre tivera ciúmes do velho Roger, porque ele conseguiu unir todos os funcionários e nunca fizeram greve. O que foi confirmado, pois depois do enterro todos guardaram três dias de luto e o trabalho parou.

Entretanto, Ivan foi ao gabinete de meu pai, na presença de Solange, devolveu-lhe a carta de demissão anexada ao atestado de óbito. Aquela demonstração foi um explosivo para meu pai, era a segunda morte que ele causava, por choque emotivo.

Meu amor aumentou por Ivan e, à noite, enfrentei meu pai.

– Venho comunicar-lhe que me casarei com Ivan. Não preciso de comemorações sociais.

Vi um sorriso nos lábios de Solange, pois a herdeira se retirava, mas meu pai ficou lívido e antes que falasse algo, completei:

– Não existe, neste mundo, quem me afaste de Ivan. Sejam felizes. Amanhã deixarei esta mansão e estarei casada.

– Maria Clara, se você se casar, perderá os direitos de herdeira.

– Lembro ao senhor que já perdi tudo, desde que mamãe partiu – e me afastei, a fim de arrumar a minha mala.

No dia seguinte, eu e Georgina fomos direto ao cartório, onde Ivan, doutor Ciro e a esposa Odila, já nos esperavam.

Eram três horas da tarde, quinze de setembro, eu passei a assinar: Maria Clara Roger.

Não sei explicar, mas na despedida de Georgina senti uma angústia infinita e pensei: "Meu Deus, será que errei"? Despertei com um beijo de Ivan:

– Vamos almoçar lá em casa, Josefa preparou tudo.

Odila me beijou e segredou-me:

– Serei uma grande amiga, junto com a resignação e renúncia, como esposa de médico.

Nosso almoço corria alegre, quando o telefone ressoou e Josefa atende:

– Ivan, é seu colega, doutor Gaspar, do hospital São Camilo, pede urgência.

Ivan cruzou os talheres e atende:

– O quê? Você levou para minha clínica uma gestante, anestesiada com braço quebrado? Você enlouqueceu, Gaspar?

– Sim, mas o André não pode assumir seu erro, tentando aliviar a anestesia que poderá afetar a criança.

Ivan desliga o telefone:

– Ciro, vamos rápido antes que tudo se complique.

Ele passa por mim como uma flecha enquanto Ciro joga as chaves do próprio carro para Odila:

– Vou dirigir o carro do Ivan, antes que acabe em tragédia.

O que se passou na clínica, ignoro, mas recebi um beijo de Odila:

– Querida, não espere por sua noite de núpcias. Vou apanhar minhas crianças na escola.

Entendi, eu ficaria em segundo plano, o dever dele sempre em primeiro.

As lágrimas corriam pela face, eu me senti sozinha numa estrada de sombras e então afoguei meu coração nas minhas lágrimas, arrependida do casamento tão apressado. Por que não fui para a casa de campo, conforme meu pai me ordenou?

Olhei o bolo que não fora apreciado, presente de Georgina.

Josefa veio me consolar:

– Filha, ele te ama, mas o dever de médico é mais forte. Ele já foi noivo, contudo a noiva, linda moça, desmarcou o casamento quase na hora. Ele ficou traumatizado e então mergulhou na medicina tentando esquecer.

Recolhi minhas lágrimas, olhei o lindo bolo:

– Eu também tenho vontade de anular meu casamento.

– Não faça isso, filha. Vai desgraçar a vida de vocês.

Procurava refletir e apagar tudo que lembrasse o casamento.

– Josefa, aqui perto tem algum orfanato ou asilo de velhos? Vou levar este bolo para alegria deles.

– Tem, na segunda rua, um asilo de velhinhos: "Amor no Caminho".

E assim, com a ajuda do seu Antônio, marido de Josefa, eu levei o bolo dizendo que os convidados não compareceram e deixei alegria para todos.

Os dias se passavam e Ivan não se lembrava de mim, eu me torturava na saudade de Georgina e do meu quarto de solteira, me afogando no meu erro.

Durante um mês, dormi sozinha, ocultando de Georgina a minha angústia.

Josefa sempre procurava me consolar e resolvi voltar, como voluntária ao meu antigo emprego.

Certa noite, despertei com a chegada dele e fingi que dormia. Ele se atirou na cama e logo adormeceu, estava exausto, eu coloquei o lençol sobre ele e me levantei de mansinho, e fui dormir no sofá, pois não queria consumar o casamento, sem antes conversarmos.

Pouco depois, acordava assustada com Josefa:

– Filha, volte para sua cama ao lado dele, não complique sua vida.

Confusa, me ergui, ele continuava dormindo, mas tomei um banho e fui fazer o desjejum ao lado de Josefa, que me recebeu sorrindo:

– Agora ficou melhor. Volte ao quarto, recolha a roupa para eu lavar.

Eu sorria, obedecendo e aprendendo os deveres de esposa.

Ao retornar olhei para ele, pareceu-me um filho esperando o carinho, mas em profundo sono.

Eram onze horas, retornei ao quarto, depositei um suave beijo no seu rosto:

– Ivan, está na hora do almoço.

Ele abriu os olhos, segurou minha mão e beijou-a.

Aquele gesto foi para mim um carinho, como se pedisse perdão pela sua ausência.

Almoçamos na copa e Josefa, sempre alegre, indaga:

– Vai sair hoje ou dormir mais?

– Não, ficarei em casa ao lado de Maria Clara, pois tudo está em paz na clínica.

Horas depois Josefa foi a nossa procura levando um cafe-
zinho e deparou: no sofá, Ivan tinha a cabeça no meu colo e
dormia, enquanto eu refletia. E assim, aos poucos fui me adap-
tando ao caminho que tracei, desviando-me do traçado na
espiritualidade.

Georgina me visitava sempre e trazia-me um reforço da herança da mamãe que eu guardava. A realidade da minha vida ela
nunca soube, deixava tudo nas páginas do meu diário.

··· ♡ ···

NA RESIDÊNCIA SILENCIOSA, o relógio ressoou meia noite e a
voz de Nilce cortou a leitura:

– Túlio, vamos parar. Amanhã eu leio o resto e resumo para
você. Até agora compreendi que Maria Clara renunciou a tudo
como noiva, esperando assim o amor protetor, contudo era sim-
plesmente a noiva amparada sem a concretização do casamento.
Que mistério envolve a vida de Ivan?

Nilce sorriu, pois Túlio dormia segurando o caderno e os óculos que ela recolheu e apagou a luz.

Naquela manhã o casal foi o último a comparecer ao desjejum
e dona Leonor brincou:

– Foram visitar Celina e se esqueceram de voltar?

– É, mas acordamos nos lembrando do exame de Dayse e dos
meus clientes no hospital.

Horas depois a rotina do lar.

Nilce, ao lado de dona Leonor, retorna à leitura.

Agora o diário continha a narração de Odila e Georgina.

"O mistério de Ivan é o casamento na igreja repleta, e a noiva não aparecia, até que chegou um bilhete: 'Ivan, não espere

pela sua noiva, estou em Paris. Case-se com sua ortopedia e seja feliz'."

••• ♡ •••

NO SEGUNDO ANO do casamento Maria Clara esperava um bebê e Odila era sua companheira assídua nas consultas.

No oitavo mês, entretanto, uma surpresa mexeu com a sensibilidade de Maria Clara, o encontro com Solange e o pai, que finge ignorá-la, enquanto Solange, alegre, exclama:

– Maria Clara, como está linda! Eu perdi o meu bebê, estou em tratamento.

Finalmente chegou a hora sublime do nascimento e Odila, aflita, procura por Ivan, que está num congresso ortopédico, porém deixa recado com seu marido Ciro.

Tudo corria normal, contudo a porta é aberta e a voz de Afrânio ressoa:

– Já nasceu a criança?

Maria Clara leva um susto e tudo se complica. A criança é retirada às pressas e Maria Clara morre, apesar de toda assistência ao seu lado.

O bebê é envolvido na toalha do primeiro banho e levado ao berçário, entretanto, é interceptado pelo avô que esperava a saída e segurando a criança foge do hospital com o precioso fardo, para desespero da enfermeira, alucinada, com o imprevisto.

Neste período, Ivan chega a sua clínica vitorioso, mas é abordado por Ciro, que o segurando pelos ombros clama:

– Ivan, sua mulher está na maternidade.

Enquanto Ciro dirige o carro, Ivan recolhe seu orgulho nas reflexões. Na maternidade são recebidos por Odila, em prantos, que tudo relata. Ivan desmaia e é levado para emergência cardíaca, onde fica aos cuidados da médica Yeda, por dois meses.

Ciro e o detetive procuram localizar Afrânio, que sumiu, para desespero da própria família que ignora seu paradeiro.

··· ♡ ···

E O TEMPO, que não para, segue arrastando os erros humanos.

Ivan se recupera, fica ciente que Georgina cuidou do sepultamento de Maria Clara e retirou todos seus pertences, encontrando o diário para seu tormento. Este diário retorna mais tarde para as mãos de Yeda, a fim de recolher detalhes da vida do casal, depois que Ivan tentou se suicidar, esquecido das leis espirituais.

A doutora Yeda, condoída, passa a velar pelo médico com o carinho de mãe, e assim segue sua profissão, ao lado dele, na clínica ortopédica. Todavia, a criança continua desaparecida.

··· ♡ ···

E NO DIÁRIO de Maria Clara, continuavam as anotações de Georgina:

Meses depois o avô reaparece muito doente, com falhas mentais e medo de ser preso.

A indústria, sem a chefia, vai à falência, e são obrigados a vender a mansão e residir na casa de campo.

Entretanto, eu, Georgina, os segui, pois precisava recolher tudo sobre a filhinha de Maria Clara, a fim de transmitir a Yeda.

Numa noite fria, Solange ameaçou abandonar o marido Afrânio, se não revelasse a verdade sobre a criança.

O pavor da solidão, e doente, ele relata para Solange:

"Não sei explicar por que fui arrastado naquele dia à maternidade. Escutei quando disseram que Maria Clara estava morta. A enfermeira abriu a porta levando a criança para o berçário, eu pedi para ver e fugi com ela. Contudo, ela chorava muito no banco do carro, fiquei com medo que morresse, passei por um orfanato e coloquei-a na cestinha. Estava alucinado, entrei numa estrada desconhecida e enfrentei tamanho temporal de chuva e vento, senti que estava perdido e então ouvi uma gargalhada.

"O pavor me envolvia, como se a polícia estivesse atrás de mim, pois eu era um raptor. Solange, o que sofri neste período, você não imagina, pensei enlouquecer, ouvindo a gargalhada novamente.

"Avistei uma luz na estrada, era uma pousada, e lá me recolheram. Perdi a noção do tempo. Quando melhorei, deixei meu carro como pagamento e alguém me trouxe até a cidade, porém continuava sentindo uma sombra ao meu lado.

"Solange, a criança está num orfanato, não sei qual, se viva ou morta. Não me abandone, eu queria trazer a criança para você".

Afrânio soluçava tanto que Solange abraçou-o dando-lhe amparo.

Eu, então, estudei o lado espiritual deste drama:

"Solange abortara o filho, não queria engravidar, porém era uma encarnação necessária para ambos, por dívidas do passado, e então surgiu a vingança, aproveitando de outro ser que nascia. Todos erraram, porque esqueceram as leis divinas, a lei do perdão, e aumentaram as dívidas do passado, que seriam pagas nesta existência que fora destruída".

No dia seguinte, saía levando o diário para doutora Yeda, quando fui parada por um oficial do exército:

– Georgina, lembra-se do filho de Aparecida e Francisco, zeladores desta casa?

Alegre, exclamei abraçando-o:

– Artur, como está bonito!

– Venho lhe pedir o endereço do cemitério onde repousa Maria Clara, pois quero depositar ao seu lado o meu eterno amor. Quando recebi a patente de oficial, vinha pedi-la em casamento, mas estava casada com outro. Pedi transferência. Hoje volto para comprovar o amor de vidas passadas.

As lágrimas eram copiosas no rosto espiritual de Maria Clara, e eu senti também imensa dor. Destinos cortados por não seguirem o traçado espiritual, o pai, autoritário, deu-lhe as chaves que foram recusadas por um coração revoltado e, assim, destruiu seu destino ao lado do verdadeiro amor.

Término do diário cheio de lágrimas.

NILCE TERMINOU A leitura recolhendo uma lágrima e a voz de dona Leonor despertou-a:

– Como deve sofrer o espírito Maria Clara, encantou-se com o primeiro namorado e perdeu o verdadeiro amor. Contudo, neste erro, a espiritualidade aproveitou para trazer ao mundo Dayse, com dívidas a saldar com Ivan, pois fora renegada e hoje ele sofre na dor da purificação por perdê-la. Oh, meu Jesus, o senhor nos ensinou: "Perdoai para que Deus vos perdoe".

NAQUELE DIA DO encontro com Georgina, vamos seguir Artur

e encontrá-lo diante do túmulo de Maria Clara, colocando um ramo de flores.

As lágrimas corriam pelo rosto do oficial, martirizado pela perda do seu amor e as palavras se misturavam na saudade: "Maria Clara, sei que não está aqui, mas para meu coração restou este túmulo, onde deposito meu eterno amor".

Uma jovem que regressava de outro recanto aproximou-se do oficial sentindo sua dor.

Ele despertou, e uma voz suave ressoou:

– Não sofra assim, pois ela também sofrerá, em espírito, procurando nas lágrimas dar o carinho perdido. Continue sua estrada terrena, encontrará outro amor, e a volta dela, como sua filhinha. Deus, no seu infinito amor, tudo dará àquele que distribuir amor.

Artur recolheu suas lágrimas e fixou a moça que lhe sorria.

Uma rajada de vento espalhou as flores sobre o túmulo e algumas caíram nos pés da jovem, agora assustada, porque contemplava Maria Clara sorrindo, embora as lágrimas deslizassem pelo semblante espiritual.

Ela recolheu as flores, colocando-as novamente na lápide e falou:

– Maria Clara, as flores e a saudade pertencem a você. Que Deus ilumine sua estrada espiritual com a luz deste amor e perfumes a envolva.

Artur, admirado, indagou:

– Conheceu Maria Clara?

– Não, mas seu nome e retrato aí estão. Acabo de vê-la sorrindo, embora as lágrimas deslizassem.

Artur segurou-lhe a mão e beijou-a:

– Preciso desta luz que ilumina as estradas terrenas. Como se chama? Meu nome é Artur.

– Artur, viúvo de Maria Clara, meu nome é Maria Celeste.

– Maria Celeste, eu preciso desta resignação que jorra de seu coração. Diante deste túmulo de saudades me ampare nesta dor.

Maria Celeste trazia conhecimentos profundos da doutrina espírita, pois tivera pesada cruz terrena e pagara suas dívidas.

Segurou a mão de Artur, jogou um beijo para a sepultura: "Maria Clara, vou confortá-lo da sua saudade."

Neste casamento, Maria Celeste traria ao mundo terreno dois filhos, que seriam de Maria Clara e Artur.

Depois surgiria linda menina entre eles, abençoada pela luz do amor filial.

A ESPIRITUALIDADE TUDO resolve quando o amor e o perdão brilham nas estradas terrenas. Em pleno campo de saudades dois seres são aproximados para que continuem a jornada, um amparando o outro.

O DESTINO DE DAYSE

ENQUANTO DAYSE ESTAVA no exame oral, doutor Túlio seguiu ao encontro de Ivan, na clínica ortopédica, como se fosse visitar o irmão Lúcio.

Entretanto, dirigiu-se ao gabinete particular e pediu para que o atendesse.

Ivan prontamente o recebe, pois também desejava encerrar o assunto sobre o destino de Dayse.

– Sente-se, Túlio, que vamos resolver e esclarecer tudo que nos uniu nesta existência terrena.

Doutor Túlio se assustou, mas obedeceu e ainda sorriu ao colega. Ivan iniciou:

– Túlio, você vai reconhecer Dayse, eu não mereço o carinho filial dela. Numa existência passada eu a reneguei por ter nascido aleijada e a troquei pela sua filha linda e perfeita, penetrando no berçário enquanto você chorava ao lado da esposa que morria. Eu saí do hospital com minha mulher, levando sua filha, que talvez tenha sido a sua Celina de hoje. Você, viúvo, criou a menina como se fosse seu verdadeiro pai, até o dia que Deus determinou o seu regresso à pátria espiritual. Eu, tempos depois perdia a esposa e a filha num desastre de trem e então despertei do meu erro, recebendo a lição divina. Soube tudo isso pelo espírito do meu avô, num momento de desespero terreno. E disse-me ainda que, um dia, eu iria resgatar meu erro e reconhecer o homem que eu destruí o destino. Túlio, este é o carinho de Dayse por você, pois viu o espírito da criança aleijada e não o corpo. Agora, veja o quadro da atual existência, filha roubada pelo avô. Maria Clara morre no parto e eu arrasto o remorso desta vida e de outras. Eu não procurei Dayse pelos orfanatos, outra falha.

Doutor Túlio estava perplexo e despertou, enquanto Ivan concluía:

– Túlio, você será o pai de Dayse. Eu renuncio ao amor filial que não mereço nesta vida. Até a noiva que eu adorava me abandonou. Era a esposa do passado. Recebo o conforto no carinho de Yeda, que foi minha mãe noutra existência e me ampara nesta vida.

Doutor Túlio não interrompeu a narrativa, quando Ivan terminou ele fala:

– Então, ela não deve saber quem é o verdadeiro pai e digo-lhe mais, ela suspeita ser você, pelo olhar que lhe dirigiu no exame escrito. O que direi?

– Diga-lhe a verdade e que saiba também sobre a vida de Maria Clara ao meu lado. Túlio, eu quero me redimir dos meus erros passados. Viverei na ortopedia, salvando vidas para que não fiquem aleijados, compreendeu?

Túlio, em lágrimas, abraçou Ivan como se fosse o reflexo do perdão do erro passado. Depois vendo as lágrimas também nos olhos de Ivan, perguntou:

– Ivan, o retrato de Maria Clara continuará em sua mesa?

– Continuará por gratidão, pois resgatou o espírito que eu reneguei no passado. Quanto aos estudos de Dayse, eu serei o responsável e no término lhe darei um prêmio.

Túlio sorriu e completou:

– Então, será minha hóspede com despesas pagas. Ivan, eu também devo ter errado muito, mas você terá no meu coração o recanto de um irmão muito querido. E peço a Deus que seu remorso se transforme na felicidade de ver sua filha feliz e uma grande médica.

E para completar, rindo, Túlio diz:

– Ivan, somos dois velhos pagando dívidas ao Pai Eterno. Mas, por favor, cobre as dívidas do Lúcio e dê alta para que volte à sua imobiliária e me deixe em paz por uns tempos.

Ivan sorriu e, juntos, foram ao quarto de Lúcio onde Túlio diz ao irmão:

– Você receberá alta e a conta será remetida a sua imobiliária, pode tirar um pouco do dinheiro que deixei lá.

E a paz envolveu todos os corações fortalecendo-os para novos dias.

TÚLIO DIRIGIU-SE À escola de medicina a fim de recolher Dayse e se entender com Yeda sobre a posse do "Diário de Maria Clara", pois seria um ponto chave para o esclarecimento.

As lágrimas brilhavam em seus olhos pensando em Celina, duas vezes deixando-lhe a saudade e murmurou: "Devo ter grande dívida espiritual de outras eras"... E, assim refletindo, chegou ao destino. As jovens saíam alegres, mas Dayse foi retida por uma linda senhora que chegava e ouviu:

– Meu Deus! É Maria Clara, como se chama?

Dayse, assustada:

– Dayse, senhora. Quem é Maria Clara?

– Uma grande amiga, casada com o doutor Ivan que morreu no parto e a filha...

– Odila! Pare.

Era a voz de Túlio que ressoava pelo recinto.

Entretanto, era tarde, Dayse correu para ele e procurou naqueles braços o amparo. Estava trêmula e gelada, desorientada com a brusca revelação.

As colegas, atônitas, sem saber como ajudá-la.

Odila, aflita, indaga:

– Túlio, o que fiz?

Agasalhando Dayse responde:

– A senhora arrebentou na hora errada o cofre que tudo resguardava.

E rapidamente se afastou.

Ângela, uma das colegas, vendo o estado de Dayse, diz:

– Dayse, seja forte, a vida sorri para nós.

Túlio deu-lhes adeus e partiu, preocupado com o estado de Dayse.

– Dayse, vou esclarecer tudo, mas preciso que esteja tranquila, esperava o resultado dos exames. Você tem sido corajosa estes anos todos. Seu futuro brilha no horizonte irradiando luz no seu caminho. Recolha suas lágrimas e enfrente a realidade de sua jornada terrena, tendo a certeza de que sempre foi e será muito amada por todos.

Dayse recolheu as lágrimas e beijou a face do doutor Túlio.

Ele sorriu, lembrando o beijo que ela dera em Felipe e procurou suavizar seu coração.

– Dayse, você se lembra do Felipe?

Um triste sorriso iluminou o rostinho:

– O namorado de Thaly?

– Sim, quem sabe ele ainda se lembre de um beijo que recebeu dando-lhe coragem.

Um rosado tingiu o semblante de Dayse e Túlio sentiu que preenchia aquele coração com novos sonhos.

ENQUANTO ISSO, ODILA, aflita, procura Yeda, conta-lhe o sucedido e fica ainda mais alarmada:

– Odila, amiga, você alvejou com flechas o coração desta jovem. Ela é na verdade a filhinha de Maria Clara, porém nada sabia e arrasta o trauma do abandono no orfanato. Túlio e Nilce têm sido seu amparo, como verdadeiros pais. Ivan precisa saber, a fim de se preparar. O diário de Maria Clara está com Túlio, aguardando o momento da verdade.

Odila está abalada:

– Meu Deus, preciso refletir mais antes de falar.

··• ♡ •··

CHEGANDO EM CASA, Túlio olhou para Dayse, ela não se moveu para sair.

Ele abriu o portão e ajudou-a na saída, e Nilce correu para ajudá-los.

– O que houve, Túlio?

– Um choque emotivo depois das provas. Ajude-a no quarto que vou preparar o remédio.

As lágrimas desciam e Dayse murmurou:

– Estou com frio.

Túlio retornava com o socorro médico e, ela estava agasalhada tendo Nilce a sua cabeceira.

Na clínica ortopédica, Ivan leva as mãos à cabeça:

– Odila, você complicou tudo. Como estarei agora diante dela, sem a revelação que o Túlio daria?

– Ivan, foi a alegria de encontrar a filhinha de Maria Clara, não refleti, peço-lhe perdão.

– Já está feito. Vou telefonar ao Túlio. Depois da prova oral ela deve ter recebido como um choque elétrico. E a minha presença sem reconhecê-la, despertou-lhe o trauma do abandono.

No silêncio da casa o relógio ressoara quatro horas da tarde.

Dayse despertava e continuava de olhos fechados, embora sentisse a presença de Nilce.

– Até quando vai dormir? – era a voz de Túlio.

Dayse abriu os olhos, sorrindo:

– Que remédio é esse que me fez perder o almoço e rever as cenas de uma encarnação?

Túlio colocava o aparelho no seu braço e media a pressão arterial.

– A senhorita teve uma brusca queda de pressão, poderia ter desmaiado. Depois lhe dou o nome, a pressão está normal, portanto, vamos conversar.

– Eu tenho o "Diário de Maria Clara", você vai ler como se fosse um romance e tudo se esclarecerá. O que você viu em sonho?

Dayse recostou na guarda da cama:

– Eu sabia ser eu – uma menina de uns seis anos, cabelos pretos, com duas tranças, mas caminhava torta de mãos dadas com o senhor. De repente, me pegou no colo, eu chorava muito, vendo outras crianças correndo na praça, porém ouvi a sua voz: "Não chore, o papai gosta de você assim mesmo". Sentamos no banco e uma menina se aproximou, colocando no meu colo uma linda boneca e disse-me: "Toma para você brincar", e correu para junto de sua mãe que se retirava. O senhor se ergueu rápido, procurando devolver a boneca, contudo a mãe lhe respondeu: "Por favor, aceite o gesto de minha filha". Tudo se apagou e eu ouvi: "Cenário de uma encarnação". Despertei e comecei a refletir se seria esta menina, Celina ou Thaly, pois a mãe lembrava a senhora.

Túlio tinha lágrimas nos olhos e se recordou da confissão de Ivan e da filha aleijada. Entretanto, a criança não seria Celina, talvez Thaly que recebeu o carinho de Dayse nos últimos momentos de vida.

Nilce, que também sabia do relato de Ivan comentou:

– Túlio, você se lembra da primeira vez que Celina viu um trem? Como chorava, agarrada em você? Nesta visão de Dayse está o nosso encontro no passado, eu deveria ser viúva também.

– Nilce, o seu falecido, quem seria?

– Meus namorados nesta vida foram tantos, mas sempre procurando por você.

Dayse retorna:

– O senhor se lembra, como implorava que me amparasse, naquele dia, na sala do doutor Marques? Aí está o reflexo guardado no meu coração.

Túlio relembra:

– Realmente, Dayse, somos velhos conhecidos de outras eras. Portanto, vamos enfrentar a nova estrada. Você hoje é perfeita de corpo e seu espírito mais fortalecido.

– Mas vocês sofrem duas saudades, por quê?

– Deve ser resgate de outras vidas ou quem sabe, um grande erro nesta. Aí sofremos na saudade a correção.

Dayse insiste:

– O doutor Ivan é meu pai? Por que me renegou?

– Dayse, ele te ama, pagará todos os seus estudos, porém não tem um lar para te oferecer e sim, uma clínica ortopédica. Ele sofreu muito, quando ler o diário vai perdoar este gesto. Ivan quer ver você feliz num lar, vivendo o carinho de uma família. Você terá dois pais: um que lhe deu a vida resgatando o passado e o outro que oferece a você o carinho de uma família, fortalecendo seu espírito para enfrentar as vicissitudes do viver.

Dayse estava atenta às palavras:

– Então, vamos jantar mais cedo, porque estou com fome. Prometo a vocês ser uma filha digna do carinho que recebo. Vamos juntos saldar mais alguma dívida espiritual com o Pai Eterno.

··· ♡ ···

NO DIA SEGUINTE, quando Túlio se preparava para sair, Dayse pediu-lhe:

– Pai, deixe-me ler o diário, eu prometo receber tudo com resignação. A vovó Leonor estará ao meu lado, esclarecendo tudo para mim.

– Está bem, vou deixar o remédio temperado para você.

– Não! Assim vou perder o almoço outra vez.

Túlio retirou o caderno de seu escritório:

– Dayse, você me promete receber tudo como uma lição?

– Juro, papai, pois tenho a certeza do amor de vocês por mim.

Dayse recebeu o beijo de Túlio, ela correu e foi abrir o portão da garagem. Neste gesto provava seu carinho também.

··· ♡ ···

AQUELE DIA SERIA de surpresas para o médico. Passando antes na clínica ortopédica encontrou o doutor Antônio que visitava Lúcio e dava-lhe a notícia de que Helena adotaria duas gêmeas e esperava pelo apoio do marido.

Lúcio, porém, estava alarmado:

– Túlio, logo duas? E a origem das meninas?

Contudo, Lúcio recebeu o aval do irmão:

– Lógico, meu caro irmão, é para você se lembrar de Selma e Cassandra, porém noutro padrão espiritual. Seja, portanto, um pai carinhoso para continuar feliz ao lado de Helena, esposa maravilhosa, aturando você e sua imobiliária. Só assim pagará suas dívidas com o Pai Eterno.

O doutor Antônio, rindo acrescenta:

– Túlio, as gêmeas, Cely e Fany, são lindas e saudáveis, estão com um ano apenas. Teremos longa jornada de estudos espirituais. Helena sonhou que deveria ir visitar este orfanato, pois encontraria um tesouro. Foi maravilhoso, Túlio, fomos levados ao pátio onde as crianças brincavam, então as meninas, de mãos dadas, correram para Helena como se esperassem por ela, que emocionada, recebeu-as.

Túlio completou:

– Lúcio, está será a fase da sua purificação, esqueça a ambição monetária, pois a matéria fica no mundo, só levará suas virtudes.

Terminada a visita, Túlio procurou por Ivan, a fim de tranquilizar seu coração de pai a respeito dos sentimentos de Dayse.

E seguiu para seu hospital, onde seus clientes o esperavam.

Na residência, Dayse, ao lado de dona Leonor, lia o "diário" como se fosse um romance.

Quando terminou, levou o caderno até seu coração:

– Vovó, tudo explicado e amo a todos.

– Agora eu quero conhecer esta enfermeira e dona Georgina, se estiverem vivas. Mas este vovô Afrânio vai levar um susto!

Dona Leonor, rindo lhe diz:

– Não faça isso, ele pode morrer. Dayse, você terá sempre muito amor a sua volta, pois não alimenta sentimentos impuros. Quem semeia amor e perdão, sempre terá a luz nos seus caminhos.

Encontro com o passado

Dia tranquilo na clínica ortopédica.

Ivan, Yeda e Ciro conversavam no gabinete médico quando André vem anunciar que uma senhora e filha desejam falar com Ivan.

Ivan logo escuta a voz do avô: "Tenha calma e receba a cruz do seu passado".

Ele pede aos colegas que permaneçam e recebe a visita.

Seu coração dispara quando revê a noiva, apoiando-se numa bengala, envelhecida e uma bela jovem ao seu lado. Ele apenas murmura: Narja.

E uma voz cansada pede:

– Ivan, perdoa-me. Só me resta você neste mundo. Minha carreira de modelo em Paris chegou ao fim, estou com leucemia, um pé quebrado, mas tenho uma filha com dezesseis anos, no desamparo.

Ivan vai interromper com a frase: "Não me interessa seu passado", porém a voz espiritual retorna: "É nos erros do passado que se iniciam novos caminhos".

No silêncio das reflexões, Narja estende-lhe a mão e ele a conduz até a poltrona, ao lado da jovem, e apresenta:

– Yeda, minha esposa e, Ciro, meu colega. O que deseja de mim, Narja?

As lágrimas descem dos olhos dela:

– Ivan, trabalhei quinze anos como modelo, colhendo as glórias efêmeras do mundo. Depois quebrei o pé num desfile e fui afastada e abandonada. Encontrei Pierre que me amparou por dois anos e desapareceu, deixando-me com a filha recém-nascida. Quando despertei dos meus erros, estava sozinha, doente, numa terra distante. Minha família não existe, pois ignorei todos quando fugi. O desespero me atingiu. Ivan, seu nome surgiu para mim como se fosse uma luz nos caminhos e aqui estou implorando perdão e pedindo que ampare minha filha neste mundo.

Yeda e Ciro assistiam no silêncio o drama que Ivan vivia. Ele agasalhou a cabeça com as mãos e pensou em Túlio, amparando a sua própria filha. De repente brilhou uma luz e Ivan fala:

– Narja, vocês ficarão em minha casa aos cuidados de Josefa, pois eu vivo mais aqui. Você fará novos exames com um colega.

Narja, emocionada, pronuncia:

– Ivan, não precisa, eu sei o pouco tempo que me resta. Diga-me, por Deus! Você dará amparo à Nívia quando eu partir? Não quero que ela se perca neste mundo. Seja para ela um pai, pelo amor que eu desprezei.

Ivan sentia o peso da cruz nos seus ombros, olhou a jovem que implorava proteção e a mãe que sentia seus últimos momentos terrenos.

Entretanto, a voz do avô o desperta outra vez: "Ivan, receba sua cruz pagando sua dívida do passado quando trocou sua filha pela outra. "

– Narja, receberei sua filha, como sendo minha afilhada. Vou levá-las até minha casa para que descansem.

Ciro sentia a aflição do colega e interrompeu aclarando:

– Ivan, telefone para o doutor Túlio, pois percebo que Narja não está bem, ela deve ser hospitalizada para ter assistência médica. Eu as levarei ao hospital.

As lágrimas brilharam nos olhos de Ivan, agradecendo ao colega o socorro, e a luz do perdão resgatava dívidas do passado.

••• ♡ •••

DIAS DEPOIS CHEGAVA um francês ao Brasil procurando pela Clínica Doutor Thomaz ou pelo doutor Ivan Roger.

Ivan descansava no seu gabinete e implorou forças espirituais e logo a voz do avô socorre: "Ivan, receba as flechas do passado, a fim de ter paz na sua estrada terrena".

Depois das formalidades sociais o francês Pierre continua:

– Doutor Ivan, sou casado, com família constituída, e diretor de uma escola em Liège, onde resido. Estava em Paris, participando de um curso, quando encontrei Narja e seu desespero e vivemos um romance, mas ocultei ser casado. Regressei à minha cidade prometendo voltar, porém confesso, esqueci por completo de Narja. Agora, chegou-me as mãos uma carta que ela deixou na Embaixada, para que me localizassem. O senhor quer ler a carta?

Ivan parecia estar noutro mundo e respondeu:

– Não, obrigado. Qual é a finalidade de sua vinda, aqui?

– Doutor Ivan, espero encontrar Narja ainda viva, pois venho assumir os deveres de pai, recolhendo Nívia para levá-la a minha família, onde tudo está esclarecido com minha esposa. Espero, portanto, que o senhor me ajude a encontrá-las.

Aquela brusca mudança de responsabilidade paterna colocou Ivan em pânico e Yeda o socorre:

– Ivan, você está bem?

– Yeda, localize o doutor Ciro para mim, a fim de levar Pierre ao hospital, pois recebi um telefonema do doutor Túlio notificando que Narja está muito mal e Nívia está ao seu lado. Será um conforto para elas a presença de Pierre.

E voltando-se para Pierre:

– Eu fiz minha parte e o senhor fará a sua confortando Nívia nesses últimos momentos de vida da sua mãe.

Narja sorria, nas últimas dores, vendo Pierre abraçado diante dela com imenso carinho à sua Nívia.

E partiu tranquila levando a purificação dos seus erros, tendo a certeza de que Pierre assumia os deveres paternos, retornando à França com Nívia, e que Ivan a perdoara também.

Ivan ao receber a notícia do falecimento de Narja parecia aéreo, pois foi uma mudança rápida no cenário do seu viver terreno.

E mais uma vez ouviu a voz espiritual: "Filho onde existe o perdão o caminho é iluminado e o espírito se fortalece. Siga seu roteiro em paz".

NA RESIDÊNCIA DO doutor Túlio, dona Leonor observava Dayse muito pensativa:

– Dayse, o que tanto a preocupa?

– Ah, vovó, preciso ter um encontro com o meu pai Ivan. Depois quero falar com Georgina e esta enfermeira que deve estar sofrendo esperando o bebê que foi arrancado de seus braços. Isto é, se estiverem vivas. Só então terei paz para meus estudos.

E a voz da experiência ressoa:

– Georgina virá aqui. Mas os estudos serão envolvidos na luz do amor, escondido no seu coração. Portanto, vamos aguardar o futuro.

Túlio regressava ao lar, depois que estivera ao lado de Ivan, no sepultamento de Narja e comentava com a família:

– Ivan sofreu dura prova, colocando o corpo da ex-noiva no jazigo da família Roger. Pierre pediu a Nívia que lhe desse um beijo de agradecimento enquanto as lágrimas corriam, aliviando o peso da cruz e deixando a saudade de um sonho não realizado.

Dona Leonor intercala:

– Túlio, ela relegou o leito conjugal por ilusões terrenas, agora recebeu para seu descanso amor e perdão. Que seu espírito tenha encontrado paz e luz, depois dos sofrimentos.

Dayse que tudo ouvia ao lado de Nilce, fala:

– Eu preciso falar com meu pai Ivan, a fim de que ele saiba do meu carinho por ele.

Túlio diz:

– Agora não, filha, será outra emoção, deixe passar uns dias. Eu levarei você até ele.

··· ♡ ···

DIAS SÃO PASSADOS, o telefone toca. É Lúcio agradecendo ao irmão tudo que lhe fez e comunicando-lhe que Rubens continuaria ao seu lado na imobiliária.

Entretanto, ele irá se dedicar mais à família, pois as gêmeas, chamando-lhe de papai, iluminaram seu coração e a paz retornou ao seu lar, na fazenda.

Túlio, sorriu e respondeu:

– Até que enfim nosso pai poderá gozar as delícias espirituais. Seja feliz Lúcio, ao lado de Helena e suas filhas.

Aquele dia estava movimentado para Túlio, e era seu descanso do hospital.

Uma senhora bateu palmas:

– Por favor, aqui é a residência do doutor Túlio? Sou Georgina, preciso falar com Dayse.

Ele conduziu a senhora para o interior da casa, chamando a filha:

– Dayse, o assunto é seu, mas estarei presente na conversa pela assistência médica, esteja tranquila, portanto.

Quando Georgina viu Dayse, abriu os braços:

– Meu Deus, como se parece com Maria Clara!

Dayse estava emocionada também:

– Dona Georgina, eu queria tanto conhecer a senhora, vamos, portanto, matar as saudades. O papai ficará para nos ajudar.

Georgina aclara:

– Eu não me demoro, é só um esclarecimento. Tenho que transferir para você o que sua avó deixou para Maria Clara.

E, assim falando, abriu a bolsa retirando um talão de cheques, mas a mãozinha de Dayse recolocou na sua bolsa.

– Dona Georgina, eu sei de tudo, mas não recebo. Eu sou jovem, a senhora está sozinha e cansada do mundo. Mora com dona Solange, que talvez venha precisar de sua ajuda.

As lágrimas deslizaram no semblante de Georgina, mas esclarece:

– Dayse, eu estou morando com a Solange e ajudando na velhice do seu Afrânio, que tudo perdeu. Nós somos amigas, e ela concordou com a devolução.

Dayse responde firme:

– Georgina, eu não preciso, você deu sua vida por todos e não tem um amparo para sua velhice. Receba como um presente da mamãe e da vovó. Talvez, um dia, eu vá conhecer este vovô e Solange. Ah, outro assunto, talvez possa me ajudar. Eu queria falar com a enfermeira que me levava, isto é, se estiver viva.

Georgina enxugava as lágrimas, guardava o talão, mas despertou com a voz do doutor Túlio.

– Georgina, rasgue o cheque que você preencheu.

Ela arrancou do talão e Dayse, rápida, rasgou em pedacinhos e sorrindo colocou em sua mão e deu-lhe um beijo.

Túlio se ergueu, tomou Dayse em seus braços:

– Georgina, ela tem meu amparo familiar e Ivan dará sempre o amparo monetário. Mas veja se recorda o nome da enfermeira.

Georgina, ainda atônita, olhava os pedacinhos de papel do cheque e colocou tudo na bolsa. Agora, mais tranquila respondeu:

– Maternidade Santa Cecília e o nome da enfermeira era Etel ou Etelvina. Ela está viva, mas a cabeça não, coitada, foi muito grande o choque.

Dayse pondera:

– Preciso despertá-la com minha presença, irei com o papai Túlio. Fique para almoçar conosco e conhecer a família que me adotou.

– Não posso, o Francisco está fazendo as compras do mês e passará aqui para voltarmos, porém vou deixar meu telefone e quero o seu.

••• ♡ •••

NESTE EXATO MOMENTO a buzina de um carro ressoava.

Nilce e Leonor apareciam na sala e Dayse dizia:

– Vovó, a senhora acertou na visita de Georgina.

A ENFERMEIRA ETEL

NO DIA SEGUINTE Túlio se preparava para sair quando Dayse invade seu escritório:

– Papai, depois do almoço eu passarei no hospital para irmos conhecer a enfermeira Etel.

Túlio olha sério para ela:

– O quê? Já está impondo sua vontade, antes da minha?

– Jamais, meu papai, faria isto, mas estou ansiosa para resolver este assunto, pois as aulas se aproximam.

Dona Leonor surge e completa:

– Quer também o caminho livre para iniciar um romance escondido.

Dayse vê o sorriso de Túlio e murmura:

– Vovó, não me arranje problemas.

– Já está resolvido, só falta o alvará.

O CARRO DO doutor Túlio parou diante da Maternidade Santa Cecília, ele olhou para Dayse:

– Está tranquila para viver este momento?

– Estou, papai, eu preciso despertar esta enfermeira.

Túlio beijou-lhe a face e dirigiram-se à recepção e logo apareceu a enfermeira Cibele, filha de Etel, e tudo relata, confirmando o sofrimento da mãe estes anos todos.

– Eu acabei fazendo curso de enfermagem, pois tinha que trazê-la todos os dias, para que ficasse calma, esperando o bebê que
ele levou. A mamãe perdeu a noção do tempo. Fica sentada à
porta do berçário, pois adora os bebês.

Cibele pediu que a seguissem para contemplar o quadro.

Realmente, perto do berçário estava uma senhora, cabelos
brancos, rezando com o terço, enquanto as lágrimas deslizavam.

Cibele se aproximou:

– Mamãe, tem visita para a senhora.

Ela guarda o terço, ergue o rosto ansioso e logo pergunta:

– Onde está o bebê que ele levou? O que fez depois?

Dayse se aproximou:

– Etel, já se passaram muitos anos, o bebê cresceu, olha sua
filha, não era um bebê e hoje está essa moça bonita?

– Ela é meu anjo, mas o que ele fez com o bebê?

– Etel, o bebê de Maria Clara também cresceu. Olha como o
tempo passou. A senhora tinha cabelos pretos e hoje estão brancos.

A enfermeira fica pensativa e indaga novamente:

– O que ele fez com o bebê?

Dayse acariciou seus cabelos:

– Ele ficou com medo da polícia e colocou o bebê na cestinha
do Orfanato das freiras, onde o bebê recebeu mamadeira, roupinha e o nome de Dayse, cresceu e estudou.

Etel sorriu, para alegria da filha.

Doutor Túlio tinha lágrimas, sentindo o carinho de Dayse
para com a enfermeira.

De repente, Dayse se lembrou:

– Etel, o bebê não tinha um sinal na perninha?

O rosto da enfermeira se iluminou:

– Ah, eu pensei que não lavei direito.

A lembrança desta cena aflorou na mente de Etel, Dayse levantou o vestido:

– Etel, o sinal era este?

Lágrimas copiosas afloraram nos olhos de Etel e Dayse comovida se abraçou com ela, dizendo-lhe:

– Etel, eu sou aquele bebê, estou feliz, desperte desta dor que alimenta no seu coração. Cibele precisa de você e outros bebês também.

Doutor Túlio se abraçou com Dayse para ampará-la na emoção, pois as duas choravam abraçadas.

Cibele, por sua vez foi socorrer a mãe, dizendo:

– Pronto, mamãe, a senhora achou seu bebê, bonito e feliz, vinte e três anos são passados.

A enfermeira, admirada, fala:

– Tudo isso, minha filha?

Doutor Túlio completa:

– Etel, quantos bebês nasceram que a senhora não viu. Outro dia Dayse voltará para vocês conversarem.

E se afastaram, enquanto Dayse dizia:

– Missão cumprida, papai.

Cibele correu, segurou a mão de Dayse:

– Obrigada por ter ajudado o despertar da mamãe, era um martírio para mim.

Túlio colocou Dayse no carro, porém ela falava:

– Agora só falta meu pai, Ivan, depois meus estudos.

– Dayse, chega por hoje. Vamos para casa, descansar e tomar aquele remédio.

– Vou almoçar primeiro, e não quero descobrir outra encarnação. Já consertei nesta o quadro com a enfermeira, portanto, não levarei para outra existência, não é assim?

Surpresas no caminho

Naquela manhã doutor Túlio esperava seus clientes hospitalares, mas quem surgiu foi doutor Augusto, antigo colega que foi recebido com alegria:

– Augusto, se cansou da Inglaterra? Como vai Mag?

Os dois se abraçam e Augusto inicia:

– Túlio, regressamos faz um ano, porém Mag estava receosa de se aproximar e você se transferiu para outro hospital.

Túlio pensa na colega, sempre amiga:

– Augusto, vocês não têm culpa, o covarde foi o Fred, por não confessar a paixão oculta. E, mais, se o Fábio me procurasse, sigilosamente, tenho certeza absoluta de que Celina deixaria o enxoval para Cassandra se casar com o Fred. Porém, vamos mudar de assunto, pois sinto-me torturado na lembrança do meu lar destruído.

Augusto vê as lágrimas nos olhos do colega:

– Perdoa-me, Túlio, pela recordação.

– Isto não é recordação, é a eterna mágoa no meu coração. Que os espíritos tenham encontrado a luz e a paz para novos caminhos.

O telefone toca e Túlio atende:

– Sim, Yeda, fique tranquila, vou chamá-la.

Augusto compreende que Túlio tem outro compromisso e se despede.

Com a saída de Augusto, ele liga o telefone para o seu lar:

– Nilce, diga a Dayse para vir até aqui, pois chegou a hora do encontro com o seu pai.

Era precisamente uma hora da tarde quando Dayse chegou ao hospital. Túlio sorriu:

– Mas está muito bonita para este encontro.

– É lógico, papai Túlio, estou sendo muito bem tratada.

Túlio aclara:

– Dayse, a doutora Yeda me telefonou e disse que Ivan está à beira de outra depressão depois dos últimos acontecimentos. Você ficará no gabinete médico, eu irei buscá-lo para uma surpresa, ele deve estar no restaurante com Yeda. Será o despertar para que ele tenha um compromisso com você.

Tudo combinado, Túlio segue, mas ao regressar se assusta, pois, Dayse está na saleta de espera e se levanta:

– Meu papai!

Ivan se emociona e abre os braços para recebê-la enquanto murmura:

– Perdoa-me, filha, o abandono que lhe causei, pois não procurei por você pelos orfanatos. Mas por que não ficou no gabinete?

Deixando os braços do pai, Dayse relata:

– André me colocou lá, eu vi o esqueleto e brinquei: "Boa tarde e com licença". E veio a resposta numa voz rouca: "Boa tarde, esteja a vontade". Antes que me estendesse a mão, eu saí rápido.

Ivan deu uma risada:

– Você ouve vozes?

– Ouço, mas de espíritos. De quem é este esqueleto?

– Vamos entrar e conversar com este esqueleto.

Túlio e Yeda apreciam aquele encontro com alegria, mas a voz de Dayse se faz ouvir:

– Espere, papai, eu quero lhe agradecer pela bolsa de estudos e a certeza de que é meu papai.

Ivan beijou a cabeça da filha e entraram.

De repente, Dayse recua indagando:

– De quem é este esqueleto? Ele me pergunta por que fugi?

Ivan, rindo, resolve esclarecer:

– Isto é cópia de um esqueleto, presente do meu avô Thomaz quando iniciei os estudos ortopédicos. A voz que você ouve deve ser do vovô, brincando. Agora o que ouviu?

– "Ora, quebrou o encanto, mas gostei desta união de todos."

Dayse, responde:

– É, mas levei tremendo susto, com essa voz estranha, vovô!

Túlio e Yeda observam como o semblante de Ivan se transformou com a presença da filha.

Iniciaram agradável palestra sobre os estudos e a carreira a seguir – clínica geral – Ivan completa:

– Vou desarmar o esqueleto e você verá como é fácil armar novamente.

– Não faça isso, vou colocar tudo errado e já sinto um frio.

Entretanto, a brincadeira terminou, pois André abre a porta, aflito:

– Doutor Ivan, acabou de chegar uma ambulância e o doutor Ciro o chama.

– Dayse, está vendo filha, o porquê de não a reter ao meu lado?

Todos se erguem para sair, mas o doutor Túlio escuta a voz espiritual: "Túlio, ajude Ivan".

Chegando à portaria da clínica, Ivan exclama:

– Mas o que é isso? Carro de polícia, ambulância, esta criança a chamar pela mãe e sangue pelo caminho.

O policial se aproxima:

– Doutor Ivan, estou cumprindo ordens do doutor Gaspar que emprestou a ambulância e deu-me seu endereço. Todavia, a senhora abortou durante o trajeto.

Ivan se descontrola ao ouvir o nome Gaspar e completa:

– Aqui não é maternidade.

Túlio resolve intervir:

– Ivan, vá descansar, eu ajudarei o Ciro.

Surge no cenário uma simpática senhora:

– Doutor Ivan, fique tranquilo, já resolvi o problema do aborto. Sou Jurema, parteira e sua vizinha, ela está bem. Estou pagando ao senhor uma dívida de anos, quando socorreu meu pai. Peço ao doutor Túlio para comprovar o estado da senhora.

Ivan sorriu, mas sentiu uma dor profunda e pediu:

– Yeda, venha comigo.

Doutor Túlio vai apanhar sua maleta médica no carro e assiste Dayse recebendo a criança dos braços do chofer da ambulância.

– Dayse, fique no meu carro com esta criança.

E rápido retorna, mas tem seus passos retidos por um grito de Yeda:

– Túlio, me ajude.

Ele para à porta do quarto extasiado: "Ivan está deitado segurando a mão de Yeda, porém surge uma linda noiva, estende as mãos e o espírito de Ivan se desliga do corpo, sendo envolvido no véu da noiva e desaparecem".

Os soluços de Yeda despertam Túlio, que se aproxima do leito e contempla o grande ortopedista, inerte, violento infarto o desligou da vida terrena.

A voz de Yeda completa:

– Eu senti que ele me apertava a mão como se fosse um adeus. E nada pude fazer, mas ouvi um sussurro: "Narja". Túlio, ontem ele recolheu o retrato de Maria Clara e disse: "Um amor que reneguei". Tenho você como grande amiga, mas meu coração Narja levou.

Túlio sentiu lágrimas contemplando o corpo inerte do amigo e murmurou:

– Ivan, receba nossa saudade, num caminho de paz e muita luz. Yeda, ele recebeu violento choque e a criança chorando levou-o ao passado. Você fica. Vou ajudar o Ciro.

Túlio segue ao encontro de Ciro, que está ao lado de Roberto, marido de Edite, esperando que ele desperte, pois levou uma pancada na cabeça.

Ao lado de Túlio segue o espírito amigo e desperta o paciente, que abre os olhos, alarmado com o local:

– O que faço aqui? Minha esposa e filha?

Ciro, rápido se aproxima:

– Recorda o que lhe aconteceu?

– Sim, dirigia meu carro, ao lado de um ônibus, porém um caminhão baú vinha forçando a passagem atrás de mim.

– Eu acelerei meu carro, subi numa calçada, bati num muro e apaguei. Sinto uma forte dor deste lado. No ônibus teve feridos?

Ciro procura ajudá-lo:

– Ótimo, o senhor está lúcido, o acidente foi próximo ao Hospital São Camilo, o senhor não tem fraturas e sim uma forte torção muscular pela brusca mudança da direção. Aqui é ortopedia, foi uma emergência errada do doutor Gaspar, obsessor encarnado do doutor Ivan, que adora atormentá-lo.

O doutor Túlio aproveitou a frase e completa:

– Será a última, Ciro, preciso falar com você.

Ciro se aproxima, e escuta:

– Ciro, você assume a direção da clínica, pois Ivan enfartou, está sendo velado pela Yeda no quarto três.

Ciro fica estático e as lágrimas surgem em seus olhos. Recebe um abraço de Túlio e as palavras:

– Vamos providenciar a remoção dos pacientes para o "Repouso Hospitalar", que pertence ao sogro dele, dados colhidos com dona Edite, pelo André.

Enquanto na clínica ortopédica procuram amenizar a situação do paciente, no local do acidente estaciona uma ambulância, "Repouso Hospitalar". Doutor Fernando, um médico de cabelos grisalhos, salta e recebe orientações do policial e tudo efetua.

Vamos encontrar a mesma ambulância parando na clínica ortopédica. O enfermeiro André vem recebê-lo e apresenta o doutor Túlio para encaminhá-lo aos pacientes.

Roberto, vendo o sogro, expressou preocupação e ouve:

– Fique tranquilo, filho. Já removi seu carro para a oficina. Paguei a indenização do muro que destruiu. Tudo em paz. Vamos cuidar da remoção de vocês. Apesar de estarem em local errado, vejo que receberam a verdadeira assistência médica. Deixe-me ver Edite, e continuar o tratamento onde deveriam estar.

Ao entrar no quarto de Edite, doutor Fernando contempla a filha recebendo palavras de carinho da parteira Jurema e logo:

– Papai, perdi meu bebê. Dona Jurema tem mãos abençoadas pelo carinho com que me socorreu.

Doutor Fernando aclara:

– Sim, mas sofreu ao sentir que era um aborto e não o bebê, pois seus olhos refletem essa dor.

Jurema procura sorrir:

– O senhor é real na observação, mas foi um aborto que trará de volta o bebê, no tratamento a seguir.

O doutor Túlio, que tudo assistia, completa:

– Será um lindo garoto, pois tem dívidas com o vovô, portanto, esteja preparado.

Doutor Fernando sorriu e replicou:

– Sinto-me feliz, pois somos todos espíritas, mas onde está a minha Carolina?

Túlio logo esclarece:

– No meu carro, aos cuidados de minha filha. O senhor levará todas as radiografias que o doutor Ciro tirou, a fim de seguir orientações.

E a remoção do casal foi feita com todos os cuidados.

De repente, o doutor Fernando pede:

– Gostaria de agradecer ao doutor Ivan por tudo que recebemos.

Túlio olha para Ciro e completa:

– Sinto muito, doutor Fernando, mas Ivan enfartou, motivo pelo qual pedimos urgência na remoção, pois temos outros assuntos a tratar, devemos ao doutor Gaspar tudo isso.

Túlio conduz o colega ao quarto três, onde Yeda recebe mais um abraço.

Doutor Fernando retira dos braços de Dayse a netinha adormecida e beija-lhe a face num ato paternal.

O silêncio agasalha o ambiente da clínica, fechando as portas.

Agora é a vez de Túlio sofrer ao amparar Dayse quando recebe a notícia da morte do pai.

Quando Dayse vê o corpo inerte do pai ela diz:

– Papai, levei vinte e dois anos procurando pelo senhor, quando o encontro me deixa órfã novamente.

Os soluços sacodem o corpo de Dayse, mas os braços de Túlio a agasalham naquela dor da saudade.

PREOCUPAÇÕES TERRENAS

QUINZE DIAS SÃO passados e Túlio é chamado à clínica ortopédica onde encontra toda a equipe médica aprovando doutor Ciro, como novo diretor. E assim, a união continuará seguindo o regulamento de Ivan.

Entretanto, Yeda, pesarosa fala:

– Túlio, procurei na papelada de Ivan algo a respeito de Dayse e nada encontrei. Sinto muito, pois tinha tantos projetos. A bolsa de estudos é válida por um ano.

Túlio sorriu:

– Yeda, ela fará o curso total, é minha filha reconhecida.

E O TEMPO continua arrastando as dores terrenas na purificação do espírito.

Dayse segue tristonha sua vida amparada pelo carinho de todos. Estudiosa, como sempre, sem saber que o pai nada deixara do que prometera.

Todavia, Túlio está preocupado no seu escritório, quando tocam a campainha e Nilce, alegre, atende:

– Lúcio, sentiu saudades de nós?

Ele beija a cunhada:

– Preciso falar com Túlio, é urgente.

Os dois irmãos se abraçam.

– O que houve, Lúcio? Suas garotas e Helena?

– Túlio, a família reluz no meu coração e a imobiliária também. Sonhei com o papai dizendo-me: "Lúcio, você continua ambicioso, egoísta e orgulhoso. Contudo, sempre recebeu mão amiga nas horas aflitas. Devolva urgentemente ao Túlio o que lhe emprestou. Eu deixei as apólices para Celina e não para você. "Seu irmão sofre e continua fazendo o bem! "

As lágrimas brilharam nos olhos de Túlio, comprovando que o mundo espiritual, na figura do pai, continua amparando seu viver.

Lúcio se emociona com as lágrimas do irmão e coloca em suas mãos a caderneta bancária e brinca:

– Coloquei juros para você e perdoa-me, Túlio, você sacrificado e eu na fortuna. O papai estava bonito e com que autoridade me falava e ainda completou: "Filho, eu continuo vivo, olhando por vocês. Coloque a gratidão no seu coração, pense no futuro da família, sem exageros. Saúde, paz, amor e perdão, devolva-lhe tudo, hoje". Túlio, as palavras do papai ficaram gravadas, como se ele escrevesse no meu cérebro.

Lúcio abraçou o irmão que deixava lágrimas correrem.

– Túlio, me perdoe por tudo que lhe fiz. Eu, feliz, e você sofrendo. Agora tenho certeza de que o mundo espiritual está me observando sempre. Vou entrar no regulamento, antes que seja punido. No fim do ano vou gratificar todos que trabalham comigo. Quero limpar minha ficha espiritual.

Lúcio saiu sentindo-se leve, como se nova estrada surgisse e o espírito do pai sorria feliz ao deixar no coração novas forças para seu filho Túlio, pois recebia a luz de uma prece agradecendo o socorro.

No dia seguinte Túlio segue para seu hospital e contempla o chofer Joel sentado no jardim.

Ele se aproxima e vê lágrimas no rosto do rapaz:

– Joel, o que houve, meu filho?

– Saudades do meu amigo, doutor Ivan.

– Ele está feliz ao lado do grande amor e recuperando-se dos traumas terrenos. Depois sempre estará entre nós. Transforme sua saudade em preces por ele.

Joel retorna:

– Vou contar para o senhor. Quando saí do cemitério, peguei minha bicicleta e fui ao Hospital São Camilo e pedi para falar com doutor Gaspar, que eu conheço de longa data.

Túlio se assusta:

– O que você fez, Joel?

– Quando ele surgiu, apenas ouviu: "Doutor Gaspar, estou retornando do cemitério onde deixei um grande amigo dos pobres, doutor Ivan. A missa de sétimo dia o senhor manda rezar para a sua consciência. Seja feliz, se puder". Ele ficou pálido e antes que perguntasse algo eu retornei a minha bicicleta e corri pelas estradas, procurando sufocar a minha saudade.

Túlio abraçou o jovem e completou:

– Ah, está claro porque ele, alarmado, ligou para a clínica. Joel, o doutor Ciro continuará exercendo o mesmo programa do Ivan, pois sabe que a presença espiritual estará observando sempre. Portanto, não se afaste, pois, o André gosta de jogar xadrez com você. Vamos trabalhar, filho, nossa estrada é longa, a fim de provar o amor que Jesus nos ensinou para com todos.

••• ♡ •••

À TARDE, EM sua residência, o doutor Túlio escuta:

– Papai, eu, Ângela e Raquel fomos escaladas para um estudo de vinte perguntas. O professor Eurico dividiu a turma em grupos dando questionários. Podemos estudar, consultando seus livros? Na biblioteca da escola é muito alvoroço.

– Dayse, o meu escritório é seu. Vamos ver as perguntas e já separo os livros para vocês consultarem.

Estradas do futuro

NO DIA SEGUINTE o escritório do doutor Túlio estava florido com as três jovens.

Certa hora, um cheiro gostoso de bolo no forno chegou até elas e a voz de Nilce também.

– Filha, há cinco horas vocês estudam. Venham fazer um lanche.

Raquel completa:

– Graças a Deus terminamos, dona Nilce, porém o estômago pede socorro.

Naquela alegria da mesa, até a vovó Leonor tomava parte.

Entretanto, um carro estaciona e a campainha toca.

É Iracema trazendo vestidos para Dayse escolher.

– Nilce, aproveitei a folga do Felipe, pois a Matilde está ajudando a Rute nas costuras.

O coração de Dayse disparou, mas o de Ângela também, pois acabava de receber um beijo de Iracema.

Dois segredos revelados aos olhos da vovó Leonor, que logo estende a mão amiga:

– Dayse, me ajude a voltar para a minha poltrona.

Dayse estava trêmula e recebeu um beijo da vovó e as palavras.

– Seja forte.

Iracema, sempre alegre, continua:

– Nilce, temos uma surpresa para vocês, pois Ângela está aqui. O Felipe resolveu se casar e vai morar comigo.

Aquela revelação foi uma facada no coração de Dayse, porém sua mão gelada estava agasalhada com a da vovó Leonor. Entretanto, a buzina de outro carro chama por Dayse, é o doutor Túlio chegando. Ela aproveita e deixa o local para abrir a garagem e logo Túlio vê lágrimas naqueles olhos e indaga:

– Filha, por quê?

– Papai, o Felipe e a Ângela são noivos em segredo.

Lágrimas copiosas descem. Túlio agasalha, mais uma vez, aquele coração ferido e as palavras surgem:

– Dayse, lembre-se de Maria Clara que se encantou com o primeiro namorado e foi infeliz. O seu verdadeiro amor surgirá, se for este seu destino.

– Papai, o que fiz a Jesus? Todos os meus sonhos são destruídos arrastando o trauma da infância.

– Filha, quem sabe não é para você se purificar na renúncia, resignação e perdão? Você não é feliz aqui? Este recanto será sempre o amparo para seu coração. Dedique-se aos seus estudos, seja uma médica exemplar aliviando o sofrimento do próximo e Jesus vai agasalhar o seu coração no seu manto de verdadeiro amor eterno e protetor. Minha vida, filha, também foi de sonhos destruídos. Estava escalado para ser o diretor de um hospital, fiz um curso completo para exercer com dignidade o cargo. Na hora de assumir, outro foi designado, sem o curso que fiz com amor. Fiquei anos trabalhando sob as ordens dele, como simples médico. Transformei meus sentimentos, dediquei-me a aliviar o sofrimento alheio, procurando esquecer minhas mágoas deste mundo de purificação. Agora você faz parte do meu coração, juntamente com Nilce e Leonor. Vamos, portanto, olhar o sofrimento do próximo e aliviar sempre e seremos amparados pelo amor de Jesus. Não volte à sala, eu darei desculpas.

Quando o doutor Túlio adentrou na sala repleta, logo Iracema indaga:

– Dayse, onde ficou?

Túlio, tranquilo:

– Fui dar um recado da doutora Yeda e abri seu coração na saudade do pai.

Leonor e Nilce logo entenderam. Túlio ainda brinca, vendo Ângela encantada com o vestido azul:

– Afinal, terminaram o estudo ou vão desfilar com os vestidos de Iracema?

Raquel, atenciosa:

– Terminamos, doutor Túlio, e deixamos seu escritório como antes. Porém, estamos assustadas com o noivado de Ângela mantido em segredo para as amigas. Ela vai se casar com Felipe.

– Isso vai ser bom para Iracema, fará o enxoval e o Felipe vai assumir a direção de um lar feliz.

Iracema ainda conversa com Ângela tendo o vestido nas mãos, quando Dayse reaparece e escuta:

– Dayse, você vai querer o vestido azul?

– Ah, Iracema, eu gostei do tecido, mas tenho tanta roupa que fico indecisa na hora de sair. Deixe para a Ângela, ela precisa ficar bonita ao lado do noivo. E o noivado dela nos fez terminar o estudo com louvor, não foi Raquel?

Doutor Túlio se aproxima de Dayse e abraçou-a:

Felipe observando, pergunta:

– Dona Nilce, a senhora não tem ciúmes desta filha adotiva?

Nilce sorri:

– Felipe, meu filho, estou casada há trinta e cinco anos, conheço o marido e Dayse procurava um pai, um protetor e não um homem.

Dona Leonor bate palmas e clama:

– Hoje estamos num dia de vitórias espirituais.

Raquel completa rindo:

– E com o estômago satisfeito.

Horas depois, tudo resolvido em paz, Raquel e Ângela aproveitam o carro de Felipe e também regressam aos seus lares.

O telefone ressoa, e Nilce atende:

– Túlio, é Georgina pedindo socorro.

– Doutor Túlio, quero a sua permissão para Dayse vir aqui, pois Afrânio está num sofrimento atroz, chamando por Maria Clara e pedindo perdão. Eu sei que é o seu obsessor que o atormenta, mas quem sabe a presença de Dayse possa aliviá-lo. Nós não sabemos mais o que fazer, senão rezar e chamar o médico da Terra. Irei buscá-la com Francisco.

Doutor Túlio reflete enquanto escuta e decide:

– Georgina, amanhã é meu dia de folga no hospital, eu levarei Dayse até aí, portanto, espere por nós.

Desligando o telefone, Túlio diz:

– Nilce, que dia agitado, o de hoje, estou exausto.

– Túlio, você vai dirigir até lá?

– Fique tranquila, o Joel conhece todas as estradas, vou chamá-lo para dirigir parte da viagem, será um prazer para ele.

O dia amanheceu lindo e Joel risonho estava na garagem, na direção do carro do doutor.

A vovó Leonor, vendo a pequena mala nas mãos de Dayse, pergunta:

– Posso saber o que leva aí?

Abrindo a maleta, mostra uma toalha rosa de bebê, dizendo:

– A toalha que irmã Celeste me deu como única prova. Aqui tem a hora e o dia em que ameaçava um temporal, vinte e três anos são passados.

Nilce, preocupada, indaga:

– Túlio, vocês voltam hoje?

– Não sei dormir fora de casa, portanto, fique tranquila e não quero perder o jantar da Francisca. Fiquem com a bênção de Deus.

··· ♡ ···

JOEL, ALEGRE, DIRIGIA o carro do doutor e brincava:

– Ainda vou dirigir meu carro, igual a este.

– Não seja ambicioso, Joel, você já dirige – brinca o médico.

Dayse, no banco de trás recolhia energias para mais um quadro em sua vida, olhando as belezas da natureza pelo caminho.

Quando Georgina viu o carro, correu para recebê-los e logo escutam:

– Maria Clara, me perdoe, eu não sei onde está o bebê.

O grande industrial Afrânio se tornou um velho atormentado pelos erros praticados e, assim, dava brecha para o seu obsessor.

Solange, uma beleza envelhecida pelo sofrimento do marido.

De repente, ecoa pela casa:

– Vovô, estou aqui.

Ele pensa estar enlouquecendo e os soluços abrem seu coração. Dayse se aproxima carinhosa, segura suas mãos e repete:

– Vovô, estou aqui, olha a toalha que me agasalhou quando o senhor me deixou no orfanato das freiras. Lá fiquei até que o papai Ivan me recolheu, pois estava me procurando.

Túlio compreendeu o gesto dela, pois o que interessava no momento era aliviar a cabeça do avô, angustiado pelo remorso.

Afrânio contemplava Dayse como se fosse uma miragem do deserto. Ergueu as mãos trêmulas e acariciou o rosto dela tentando sentir a realidade e ainda murmurava:

– Maria Clara, me perdoe. Eu não queria seu casamento e queria trazer a criança, mas fiquei com medo, era um raptor, e depois me perdi na estrada, não sei por que agi assim. Agora recebo sua filha, bonita como você, ela está aqui.

Enquanto ele falava, retinha as mãos de Dayse, geladas, entre as suas trêmulas.

Doutor Túlio distante ouvia tudo, porém notou que Dayse sofria a prisão de suas mãos. Ele se aproximou e logo Afrânio falou autoritário:

– Quem é este homem?

– Vovô, é um grande amigo do papai, ele me trouxe; é médico também. Vovô, eu tenho que voltar, senão perco minhas aulas na escola.

Afrânio não tirava os olhos de Túlio e não largava as mãos de Dayse. Túlio resolveu interferir:

– Afrânio, por favor, deixe sua neta, porque temos horário de volta na cidade. Agora o senhor fica tranquilo, pois sabe que Dayse está feliz e Maria Clara já o perdoou há muito tempo.

A fisionomia de Afrânio se transformou e ergueu a voz:

– Ela é minha neta, não se meta!

Túlio sente outra vibração e diz:

– Sim, contudo tem um destino a seguir ao lado do pai e o seu destino é ao lado de Solange e Georgina, orando pelos que sofrem e perdoando sempre, porque Deus já o perdoou.

Túlio colocou suas mãos sobre as de Afrânio, para que largasse as de Dayse e ele recebeu um choque, como se fosse um curto circuito, largando imediatamente as mãos da neta e olhando fixamente para Túlio, que se afastou com Dayse e ainda ouviu:

– Afrânio, o senhor traçou seu destino, desviando-se do traçado espiritual, portanto, não interfira no destino da sua neta, seja feliz, fique tranquilo e saiba que o mundo espiritual existe e está vigilante aos atos terrenos. Jesus, nosso mestre e amigo, é eterno para todos. Na luz das orações encontraremos sempre a luz para novos rumos.

Afrânio modificou sua fisionomia, voltou a ser o velho sofrido e falou:

– Quando eu morrer vou deixar esta casa para ela.

– Não vovô, eu não gosto de morar no campo. Deixe para aqueles que estão ao seu lado, Solange e Georgina, e coloque no seu coração: "minha neta é feliz onde está". Vou rezar muito pelo senhor e o senhor também não se esqueça de que a oração é a luz para todos.

Solange e Georgina esperavam por eles:

– Fiquem para almoçar conosco.

Túlio responde:

– Georgina, cumprimos com nosso dever, mas tenho que liberar o chofer que tem seu trabalho. O principal é que tudo fique em paz e que ele não se preocupe com a neta. E sim com vocês. Reze pelo obsessor que se afastou por hoje. Arranje uma ocupação para o cérebro de Afrânio. Por exemplo, vender frutas daqui, ovos e flores, ele vai se sentir ocupado, como era noutros tempos. Ele viverá até quando Deus determinar. Fiquem na paz que Jesus nos deixou e que perdemos algumas horas pelos nossos erros terrenos.

Quando Túlio e Dayse chegaram perto do carro Joel estava deitado no banco traseiro em sono profundo.

Túlio fez sinal para Dayse e entraram no carro, em silêncio.

Dayse estava exausta e queria estar dormindo como Joel.

Túlio dirigia o carro quando Joel despertou:

– Doutor Túlio, que susto, pensei que tivesse sido roubado. Pare, que eu vou dirigir.

– Quando chegarmos na primeira bomba de gasolina da estrada vamos abastecer para voltar tranquilos, e ainda chegarmos em tempo para o jantar.

Túlio continua na direção até avistar a primeira bomba de gasolina, onde todos saltam para tomar um lanche no pequeno bar, enquanto o carro é abastecido e feita uma vistoria a fim de continuarem a viagem.

A garçonete aparece para servi-los e logo se encanta com os brincos de Dayse.

– Que lindos seus brincos!

– É bijuteria, ganhei na brincadeira do amigo oculto. Coloque em você para ver o efeito.

A jovem fica indecisa, mas Dayse reforça a oferta.

– Olhe-se no espelho, seu rosto ficou mais alegre, é seu. Minhas orelhas estão cansadas.

Túlio sorriu para Dayse, vendo a alegria no rostinho da moça.

Naquele pequeno gesto eles receberam a vibração de "boa viagem", como se um raio de luz iluminasse o resto do caminho.

Túlio dizia para Dayse:

– Se quiser dormir, aproveite, porque vamos direto. Estou louco para chegar, tomar um banho e jantar, pois o almoço já perdemos.

Joel na direção era um mestre do volante, pisou no acelerador:

– Doutor, vamos aproveitar que a estrada não tem radar e encurtar o caminho enquanto está claro.

Que alegria para todos quando sentiram que chegavam ao lar, onde Nilce, aflita, esperava.

Colocando o carro na garagem, Joel tirou sua bicicleta para ir embora, mas foi interceptado:

– Deixe a bicicleta, avise aos seus pais que chegamos. Vamos nos preparar para jantar, pois o estômago pede reforço, depois de cinco horas vazio. Depois pagarei você.

– Ah, doutor, foi um prazer servir o senhor. Vou aceitar o jantar, mas na copa, não tenho jeito de compartilhar da sua mesa.

– Está bem, então vamos jantar e descansar para novos dias.

Neste modo de agir, o médico aplicava o ensino de Jesus: "Ama o teu próximo, como a ti mesmo".

ESTAMOS NO DESPERTAR de um lindo domingo.

A refeição da manhã está na mesa, porém Dayse continua em profundo sono, exausta da viagem.

Entretanto, o telefone toca, é Georgina, agradecendo a visita, pois a paz retornou ao lar. Artur veio passar férias com os pais, trazendo a família e o alvoroço despertou o vovô Afrânio, para novas jornadas. Colocando o fone no lugar Túlio diz rindo:

– Que susto, pensei que o velho Afrânio tivesse enfartado, mas está vivo, graças a Deus. E feliz!

E A ROTINA da vida continua.

Túlio apanha Dayse na escola e retornam para casa.

Enquanto viajam Dayse comenta:

– Papai, eu já pedi perdão a Deus por desejar o que a mim não pertenceria, o Felipe. Ângela nos relatou sua vida. O pai é mecânico de carros desde os quinze anos, a mãe é cozinheira na casa de uma vizinha que fornece pensões. Portanto, os pais humildes, ela filha única. Já pensou na alegria desses pais, vendo a filha casada com um engenheiro? Felipe já está pagando os estudos dela, pois o pai está doente e continua trabalhando para nada faltar à família, mas está feliz, vendo Ângela ficar amparada, se ele faltar. Ela chorou ao relatar tudo. Raquel, sempre muito alegre, completou: "Eu tenho tudo, avô, pai e irmão trabalhando juntos na indústria de tecidos. Mamãe, feliz, tendo minhas despesas pagas. Deus, muito obrigada, sou amiga sincera da Ângela. "

Túlio ouviu tudo e perguntou:

– E você, filha? É feliz?

– Papai, elas sabem toda a minha vida. Sou feliz porque agora encontrei uma família que me amparou e assim vou superar meus traumas da infância.

A viagem segue tranquila até que dobrando a esquina um senhor, aflito, pede socorro de condução, pois a esposa está em trabalho de parto e ninguém quer ajudá-los. Ele ouviu de um senhor a frase ofensiva: "O filho é seu, carregue nas costas".

Túlio vê a gestante, amparando-se num muro e chorando, ele salta e se aproxima:

– Sou médico – e coloca as mãos na barriga da senhora. E sente a revolução interna dos bebês, todos querem sair primeiro. De repente, eles se acalmam, é que Túlio, no silêncio, pede auxílio espiritual. Tendo a certeza de que daria tempo, colocou-os no banco traseiro e disse: – A senhora, por favor, vá rezando.

– Qual a maternidade e o nome do médico?

O marido trêmulo responde:

– Santa Cecília, e o médico é o doutor Joviano. Nós saímos para fazer compras, quando ela começou a passar mal.

O doutor Túlio fica tranquilo, porque a maternidade está próxima e o médico é seu colega de estudos. Ele pede a Dayse:

– Quando chegarmos, você salta e procura o doutor Joviano, e diga-lhe: "Parto urgente, paciente do doutor Joviano".

Que alívio quando brilhou o letreiro: "Maternidade Santa Cecília".

Dayse se informa na portaria, e sai pelo corredor avistando um senhor de cabelos brancos conversando com um jovem.

– Doutor Joviano?

– Sou eu, querida – e escuta o recado.

Doutor Túlio se aproxima amparando a gestante, juntamente com o marido.

Doutor Joviano logo diz:

– O discípulo de Jesus socorrendo os aflitos do caminho – e abraça Túlio escutando:

– Joviano, faça cesárea rápida, senão teremos o cordão umbilical enforcando os bebês. Que Deus te ampare juntamente com seu amigo espiritual.

O outro, calmo, vendo a remoção da paciente na cadeira de rodas:

– Túlio, não quer assistir o parto? Parto depois do almoço é uma delícia!

– Obrigado. Saí do hospital agora, estava indo para casa.

Joviano, vendo a aflição do marido brinca:

– Quem mandou exagerar, agora filho, leva as três cruzes a mais nas costas.

Na sala do parto, a luz médica da espiritualidade envolve o ambiente a fim de salvar três bebês atrapalhados pelo cordão umbilical.

Finalmente, batalha vencida, dois meninos e uma menina surgem para nova estrada terrena, iluminando o lar do casal aflito.

Doutor Joviano agradece a Deus a proteção médica e toda a sua equipe também naquela luta vencida com amor e paz.

Quando Túlio retorna ao seu carro, encontra todas as portas abertas. O porteiro logo explica:

– Doutor Túlio, passei álcool especial no banco, limpei os tapetes e deixei o ar fazer o resto da limpeza, este casal é muito perturbado. Seu carro já está limpo.

Túlio sorri, e abre a carteira:

– Obrigado, tome, para você comprar algo para seus filhos.

Dirige-se para a torneira do jardim, lava as mãos e joga um jato de água no rosto e cabelos.

Dayse apanha pequena toalha em sua pasta e estende ao pai:

– O senhor vai tomar banho aqui?

– Vontade não me falta. Vamos embora, filha, que Nilce deve estar aflita.

Aproximando-se do lar, ele avista Nilce na varanda e diz:

– Xi, a mamãe está com a vara de marmelo, esperando por nós.

Dayse começa a rir, salta abrindo a garagem e escuta a fala de Nilce:

– Eu, aflita, esperando por vocês e vocês vêm rindo?

Túlio beija a esposa enquanto Dayse esclarece:

– Ele disse que a senhora estava com a vara de marmelo, esperando por nós, pois atrasamos o almoço.

Nilce ri e completa:

– Dayse, a Maristela já telefonou duas vezes, quer falar com você.

– Eu não conheço Maristela...

Mas o telefone toca e ela atende, enquanto Túlio espera ao lado de Nilce.

– Quero falar com Dayse.

– Sou eu, estou chegando.

– Escute aqui, sua enjeitada, você foi jogada no orfanato, não se sabe a origem dos seus pais. Não se meta com o Alberto. Estou lhe avisando.

A palidez cobre o rostinho de Dayse, mas ela responde:

– Fui criada num orfanato e aprendi coisas lindas, inclusive a respeitar meu próximo, hoje sou muito feliz onde estou e esclareço-lhe que não conheço nenhum Alberto.

– Você falou com ele, hoje, na maternidade Santa Cecília. Saia do meu caminho, estou avisando.

– Eu falei com o doutor Joviano, dando um recado do doutor Túlio, não conheço Alberto. Cuidado com falsas amigas.

Dayse desligou o telefone, pois as lágrimas desciam no rostinho.

Nilce abraçou Dayse e beijou-lhe a face, pediu que relatasse tudo.

Doutor Túlio ficou em silêncio, mas mentalizou a sua decisão.

– Nilce, vou tomar meu banho, já estarei à mesa com vocês. Depois contarei a causa do atraso.

Aquela noite foi dolorosa para Dayse, mas logo cedo recebeu o beijo da avó Leonor e palavras:

– Filha, não alimente ódios e mágoas no seu coração tão cheio de amor. Jesus também sofreu calúnias e continuou derramando amor e perdão.

Túlio beija a esposa na hora da saída e brinca:

– Prometo chegar na hora, se não houver obstáculos.

Deixando Dayse na escola, Túlio se dirigiu à maternidade Santa Cecília e logo encontra Joviano, sempre alegre, que lhe diz:

– Veio conhecer seus afilhados? São três e um vai receber seu nome, disse-me dona Gabriela.

Túlio, alarmado:

– Não brinque, não sei como anda meu coração. Diga para

esta senhora colocar Júlio, Joviano ou Julieta. E que procure um padrinho mais rico. Vamos conversar sério no seu gabinete.

Túlio relata o telefonema que Dayse recebeu e quer conhecer Maristela.

– Alberto é meu filho, realmente estávamos juntos quando recebi seu recado. Ele estuda na Alemanha, veio em férias e tem saído com a enfermeira Maristela. Aliás, linda moça, mas disse-me que Maristela é passatempo, pois seu verdadeiro amor está na Alemanha. Veja o problema que Alberto está criando. Vou chamá-la para o seu esclarecimento, e despertá-la para não tomar posse de Alberto.

Quando Maristela surge e vê o doutor Túlio, estremece, pois Cibele assistiu ao telefonema e relata-lhe quem é o protetor de Dayse. Túlio contempla a jovem e pede-lhe que se sente.

Tranquilamente, inicia:

– Estou aqui para lhe esclarecer que Dayse não é uma enjeitada, e sim uma filha de um grande amigo, médico ortopedista, doutor Ivan Roger e sua esposa Maria Clara, já falecidos. A permanência de Dayse no orfanato foi ação do avô, pai de Maria Clara, que não queria o casamento. Dayse teve, portanto, seu paradeiro ignorado por vinte e dois anos. Sua colega Cibele sabe detalhes, se interessar saber.

À proporção que Maristela ouvia, a palidez cobria-lhe o semblante com medo de ser demitida ou suspensa.

Túlio continuou:

– Para completar, desperto seus sentimentos: não espere casamento com o primeiro namorado. E Dayse não está interessada em ninguém, só quer estudar e se formar médica. Quem sabe amanhã a senhorita não estará trabalhando ao lado dela e levando esse remorso? Sua beleza precisa ser interna também, pois o espírito veio para se purificar nas virtudes que Jesus nos ensinou: "Ama teu próximo como a ti mesmo. "

Com a voz trêmula, Maristela diz:

– Vou pedir perdão a Dayse.

– Eu transmito, pois Dayse não atenderá mais telefonemas. Que este seu ato seja um alerta, dando-lhe luzes para seu caminhar terreno. Seja enfermeira dedicada aos seus pacientes, dando-lhes coragem para a recuperação e fortalecendo seu próprio coração nas palavras do amor que distribuir. Nunca coloque desespero ou mágoa nos corações alheios. Tudo retorna, o bem ou o mal que praticamos. Obrigado por me ouvir.

Maristela se levantou e fala como se implorasse:

– Doutor Joviano, alguma palavra do senhor?

– Volte ao seu trabalho. Alberto voltará à Alemanha, por mais três anos, onde estuda, portanto, não alimente sonhos. Guarde as palavras do doutor Túlio para iluminar seu coração e não repetir as ofensas. Quem pisa em outros será pisado um dia também.

Encerrado o assunto, Túlio abraça o colega e se retira para o seu hospital, mas a palavra "enjeitada" continua em sua mente.

Era um dia tranquilo no hospital, ele passou a refletir: "Ivan deveria ter reconhecido a filha antes de ser adotada, por mim, dando um motivo para a adoção. Dayse não tem registro de nascimento em cartório. Segui dados do orfanato, portanto, eu errei também. Vou consertar tudo através de um advogado".

A enfermeira Beatriz surge na sala, juntamente com Vítor, e tomam conhecimento da nova preocupação e concordam com sua decisão.

Beatriz aclara:

– Meu noivo é advogado e trabalha com dois colegas, vou resolver seu problema, doutor Túlio.

Ligando o telefone logo vem a resposta:

– Kleber del Rios, ele adora tratar de assuntos de órfãos. Diga ao doutor para vir ainda hoje, pois estamos sem clientes.

Doutor Vítor, sempre amigo, diz:

– Túlio, vá aliviar sua mente, se aparecer clientes eu resolvo por você.

··· ♡ ···

Vamos encontrar doutor Túlio diante do advogado Kleber, possuidor de grande simpatia, e logo brinca:

– Doutor Túlio, a primeira consulta é grátis, se o caso do senhor for difícil, aí o senhor pagará.

Um elo de luz brilhou entre os dois e Túlio fala:

– Qual a sua idade? Pois, só pagarei em parcelas.

– Trinta e dois anos, solteiro e não encontro mulher que me ature.

Neste clima, doutor Túlio relata a vida de Dayse e sua responsabilidade.

O advogado escuta atencioso e arremata:

– Vou precisar de testemunhas sobre o nascimento dela. O resto resolvo, apoiado nas leis e conforme o senhor pede, sem alusão a heranças paternas. Esta jovem deve ter um trauma doloroso e vai procurar o senhor que também já teve seu drama familiar. Vou preparar o documento para que o senhor me traga, inclusive a enfermeira Etel poderá assinar também. Tudo será resolvido. Depois preparo a certidão de casamento.

Túlio se assusta e indaga:

– Certidão de casamento?

O advogado rindo:

– Acho que me casarei com ela e a consulta será grátis.

Doutor Túlio vislumbra o espírito do velho pai a sorrir e logo sentiu em seu coração a tranquilidade que procurava.

Trazendo o documento, Túlio dirigiu-se ao Centro Ortopédico, pois ninguém melhor que Odila, a grande amiga de Maria Clara, para provar o nascimento de Dayse.

Yeda estava ausente e Túlio se sentiu mais à vontade no ambiente, a fim de tudo relatar e recebeu de Ciro informações que desconhecia de Ivan. Ele confidenciara que não poderia amar Maria Clara, como desejaria, por dois motivos – a eterna lembrança de Narja e a morte do velho pai, ocasionada por Afrânio, pai de Maria Clara.

E aí estava a razão de não haver procurado Dayse em orfanatos. Enquanto conversavam, Odila chega aflita e Ciro se assusta:

– Odila, o que houve?

– Não sei explicar, mas de repente senti uma saudade de você. Deixei as crianças na escola e corri aqui.

Túlio sorriu, e apresentou a razão de sua presença também.

Odila riu:

– Como esses espíritos trabalham para ajudá-lo! Vou escrever tudo, amigos espirituais.

Odila relatou toda a gravidez de Maria Clara, com minúcias, e provando sempre a assistência do médico obstetra. O susto com a presença de Afrânio abrindo a porta, a complicação do parto e sua morte rodeada pela equipe médica que nada pôde fazer.

Doutor Ciro assinou o documento comprovando as palavras da esposa e acrescentou que Ivan veio às pressas de um congresso médico.

Túlio agradeceu aos amigos espirituais e terrenos e retornou ao escritório do doutor Kleber a fim de anexar ao processo e registrar Dayse no cartório. Adquirindo desta forma a certidão de nascimento para sua garantia na vida terrena.

Dayse não sabia que o pai tratava da sua certidão. Contudo, dois dias depois foi aclarada, pois tinha que comparecer a fim de assinar seu novo nome Roger.

Uma lágrima desceu no rostinho de Dayse, escreveu na página a ela destinada: "A memória do meu pai Ivan será sempre respeitada. Eu continuarei assinando Novallis, o pai que me ampara nesta vida terrena e me desligo de heranças também".

Kleber leu e pediu que assinasse para encerrar o processo. Depois, agasalhou a mão de Dayse e beijou-a, e fez o coração dela estremecer.

Túlio que observava, sentiu que naquele beijo, outro afeto despertaria o coração de Dayse.

Kleber despertou seu pensamento:

– Doutor Túlio, eu levarei ao senhor a certidão, a fim de aliviar seu coração.

No retorno ao lar, Túlio nota que Dayse deixa lágrimas correrem e indaga carinhoso:

– Dayse, por que estas lágrimas? O problema foi resolvido.

Com a voz emocionada, fala:

– Estas lágrimas são para o meu pai, Ivan, que me renegou outra vez, e eu tanto o amava.

– Dayse, perdoe o seu pai, ele sofrerá no plano espiritual. Eu também errei, pois mantive o erro ao fazer a sua adoção. Maristela foi o clarim que me despertou, embora a magoasse. Vamos enviar as flores que pediu para Odila.

Na casa das flores, Dayse escolheu botões de rosa chá e escreveu: "Odila, mando-lhe flores porque não posso mandar meu coração. Amor e paz, sempre, no seu lar. Dayse".

··· ♡ ···

AGORA, VAMOS AO outro quadro da vida:

Na maternidade Santa Cecília, Maristela está diante do doutor Joviano, pedindo-lhe que lhe dê dez dias de licença, pois não tem condições de trabalhar. Está envergonhada perante as colegas e desiludida com Alberto.

Tudo resolvido, ela regressa ao seu lar, onde os pais, Idalina e Clóvis, se assustam com o estado da filha.

– O que houve, minha filha? Você está em crise emocional? Sérgio nos assustou dizendo que vai pedir transferência.

Maristela, vendo a aflição dos pais resolve contar tudo, porém se assusta com as palavras da mãe:

– Não lhe disse, Clóvis, que deveríamos contar tudo aos filhos? E vai ser hoje.

No silêncio da noite, a residência iluminada com a luz de um segredo revelado, cuja chave estava no coração dos pais – Idalina e Clóvis.

Idalina inicia o relato:

– Conheci Clóvis, viúvo, com dois filhos pequenos. Ele me propôs casamento a fim de ajudá-lo a criar os garotos e esperava que eu desse uma filha, mas eu sabia ser impossível este sonho ser realizado. De comum acordo, adotamos um bebê de um orfanato. Regressamos ao lar contando que era minha filhinha, estava aos cuidados de uma amiga, pois eu era mãe solteira.

Assim, surgiu a família bonita, crescendo como irmãos. Pedro estudou administração. Sérgio se formou em oficial da marinha. Maristela era a enfermeira.

À proporção que Idalina relatava, as lágrimas corriam no rosto de Maristela, "era uma órfã, sem pais, e tanto ofendeu Dayse".

A frase do doutor Joviano, brilhou diante dela: "Quem pisa nos outros, será pisado também".

Os rapazes estavam estáticos com a revelação familiar, enquanto Maristela recebia a lição para o seu ato.

Entretanto, a voz do pai despertou a todos para a nova estrada da vida:

– Com este esclarecimento, o capitão Sérgio vai cancelar sua transferência, pois fugia de um amor impossível. Maristela não é sua irmã de sangue. Esta jovem linda foi deixada num orfanato com uma carta esclarecendo ser filha de mãe solteira e devia receber o nome de Maristela, abençoada por Deus. A jovem mãe preferiu ser expulsa do lar paterno do que fazer um aborto. Morria feliz no parto, deixando uma nova estrada para a filha.

No fim do relato, Maristela soluçava, era órfã, pais ignorados e amada sem saber.

Idalina, carinhosa, dizia-lhe:

– Sempre a amei como filha legítima. Estou feliz com tudo revelado para sua felicidade.

Dias depois, um jornal da cidade comunicava na coluna "Casamentos, o próximo enlace de seu filho Sérgio, capitão da Marinha com a filha adotiva, senhorita Maristela, criados num lar com muito amor.

••• ♡ •••

NUMA RICA MANSÃO, um senhor lê e fica pensativo, estudando: "Maristela, inverso de Stela Maris, este segredo morre comigo. Sou o pai e sei quem é o avô – dívidas de um passado".

Quando assim pensava, uma voz estranha ele ouviu: "Você morre com o segredo, mas o remorso surgirá e toda a sua fortuna será lixo na sua consciência. Stela Maris era a reencarnação de sua querida filha Helenice. Era feliz, num elo de perdão nascendo, como filha do seu carrasco de outra vida. Entretanto, agora você foi o carrasco da própria filha, alimentando no coração o reflexo do ódio e fortalecendo o egoísmo. O mesmo espírito retorna em outro corpo, procurando a luz do perdão quando esclarecido na espiritualidade. Leve, portanto, seu segredo, mas viva seu remorso na revelação que lhe faço. Você destruiu o destino de luz e perdão da própria filha de sua outra existência terrena. Ela deixou o orvalho do perdão no coração de Maristela, que talvez, um dia, possa ajudá-lo".

Quando a voz terminou, aquele rico senhor agasalhou a cabeça com as mãos e mergulhou em cenas anteriores.

Estava acostumado a dar grandes festas em sua rica mansão, atraindo os amigos e lindas mulheres.

Certo dia, sentiu forte atração por linda jovem e pensou até em casamento, entretanto, sua liberdade pessoal seria tolhida e sentia um ódio estranho pelo pai da moça e, assim, decidiu cancelar o casamento sem reparar o seu erro moral.

Dessa forma surgiu o martírio da jovem Stela Maris, exposta diante da autoridade paterna que exigia o aborto ou seria expulsa do lar.

Stela Maris preferiu ser expulsa e sob lágrimas da mãe desapareceu da sociedade.

Foi morar na casa de uma parteira acostumada a recolher jovens com este tipo de problema, porém, jamais faria aborto pelas suas mãos.

Ela dizia: "Toda criança tem um destino na vida terrena".

Assim, o remorso venceu o segredo.

As festas foram canceladas na rica mansão e o rico senhor mergulhou em longas viagens, deixando a casa aos cuidados do mordomo.

Quem sabe, um dia, pai e filha se encontrarão nesta vida, talvez no leito do sofrimento, aos cuidados da enfermeira Maristela.

••• ♡ •••

VENCIDOS OS DEZ dias, Maristela retorna ao seu trabalho e abre o seu coração relatando tudo ao doutor Joviano. Este, por sua vez, passa para o colega Túlio e uma doce paz desce sobre todos, desejando felicidades a Maristela.

••• ♡ •••

RETOMEMOS, AGORA, A trajetória espiritual de Dayse, nesta vida terrena, conquistando a sua purificação e de todos que velam por ela.

Doutor Túlio está em sua sala hospitalar, quando Kleber pede licença, pois trazia a certidão de nascimento, como se fosse um troféu de vitória.

De repente, Kleber pergunta-lhe:

– Doutor Túlio, o senhor me aceitaria como seu genro?

O médico olha sério para o advogado, se levanta:

– Eu pedi a certidão de nascimento, e vem com este brinde?

Kleber, feliz, recebe um grande abraço, como resposta e as palavras:

– Não brinque com o coração de Dayse, eu lhe imploro e não perturbe seus estudos, pois faz um curso brilhante. Tem, ainda, dois anos de faculdade, mais o estágio e a defesa de tese.

– Juro ao senhor que serei, neste período, como um irmão para ela, olhando seus passos, não quero perdê-la, como em outra vida. Sou espírita, doutor Túlio, e sei que Dayse já esteve em minha vida, algo nos separou deixando-me uma imensa saudade.

Doutor Túlio sentiu a sinceridade das palavras dele e brincou:

– Quem sabe não foi Maristela que os separou e agora os uniu? Fica o segredo entre nós e deixo ao seu encargo conquistá-la.

O semblante do advogado se iluminou e em seus olhos brilharam as lágrimas da felicidade.

Túlio se comoveu e repetiu o grande abraço.

Com a saída de Kleber, o doutor Túlio entrou em reflexões: "Meu Deus, não permita que Dayse sofra. Não posso esquecer o martírio de minha Celina".

Seus pensamentos são interrompidos com a entrada do colega Vítor:

– Túlio, qual é o problema que agora o martiriza?

Ele sorri e relata ao colega escutando a resposta:

– Túlio, não se preocupe, Kleber é de uma digna família. O pai, Cássio del Rios, já foi juiz, são espíritas. Tem uma filha casada que mora no Canadá, se não me engano. Dayse terminou o terceiro ano com louvor, provando que tem segurança nos estudos. Ela precisa encontrar o amor que ampare seu coração. Você e Nilce não serão eternos ao lado dela. Ela já pagou parte da dívida num orfanato e nós também, porque demos amparo quando ela precisou.

Túlio respira fundo:

– Agora, ela e Raquel estão às voltas com as compras para o casamento de Ângela, que será no fim do mês. São três amigas em tudo, graças a Deus.

··· ♡ ···

Vamos encontrar Raquel e Dayse, cansadas, entrando numa confeitaria e logo sendo atendidas por um garçom.

– Senhoritas, só tem esta mesa entre as folhagens da entrada.

Raquel brinca:

– Nós precisamos de um oásis, aqui está ótimo – e descarregam as bolsas numa cadeira atrás, aguardando o pedido.

Retornando o garçom, no momento exato, chega Kleber, na entrada:

– Como está cheio... e o patrão feliz!

O rapaz sorri:

– Só resta esta cadeira com estas moças lindas, se elas permitirem ao senhor.

Esperando a resposta, sorri feliz, ouvindo Raquel:

– Será um prazer, doutor Kleber, tê-lo junto a nós, e a nossa despesa já está paga com gorjeta.

Kleber riu e vendo Dayse sorrir, tomando a primeira dose do sorvete diz:

– Dayse, deixe-me provar deste sorvete?

Ela limpou a colher no guardanapo, mergulhou na taça e estendeu a ele sem palavras.

Ele segurou a mão dela, tomando o sorvete, olhando fixamente em seus olhos.

Dayse recebeu aquela chama de amor e Raquel vendo a emoção dela diz:

– Ah, meu Jesus, que suave amor numa taça de sorvete.

Kleber aproveitou:

– Dayse, não estou brincando, eu encontrei em você tudo que procurava.

E todos despertam com a voz do garçom que esperava o pedido do advogado.

– Casa logo, doutor Kleber, para não perdê-la.

O advogado riu, pediu o sorvete e terminou:

– Não faça propaganda, senão levo você aos tribunais.

– Ah, o patrão me despede antes.

Assim, se iniciava o suave romance de Dayse e Kleber.

No fim do mês, o casamento de Ângela na simplicidade do horário da manhã e o buquê era a mão do pai que ela agasalhava com infinito amor, como se transferisse forças para que ele chegasse ao altar, onde o noivo a aguardava.

E a vida continua, cada um colhendo o que semeou.

OS MESES CORRERAM e novamente as três amigas seguem juntas o quarto ano de medicina.

Entretanto, Dayse começou a sentir uma fraqueza de vez em quando. O doutor Túlio levou-a para exames no hospital e nada foi diagnosticado. Disse-lhe para que trancasse a matrícula, o que Dayse recusou.

Na residência de Kleber, no horário do jantar, o pai, juiz Cássio, pergunta sorrindo:

– Kleber, você continua o namoro? Vai casar ou é só passatempo?

– Meu pai, só não caso agora, para não perturbar seus estudos. E eu estou fazendo as pesquisas nos orfanatos, juntamente com um médico, doutor Álvaro.

A mãe, dona Antonieta, interfere alarmada:

– Kleber, você é considerado noivo de Zuleika, como está com este namoro? Ela está fazendo o enxoval!

Kleber demonstra aborrecimento, cruza os talheres encerrando a refeição:

– Mamãe, este compromisso é seu! Zuleika é linda, independente, mas não é meu tipo para ser minha esposa, assunto encerrado, por favor – e se retira da mesa, olhando o pai que sorria.

Todavia, pai e filho ignoravam que há muito dona Antonieta tinha umas saídas de casa, depois que os dois seguiam para a rotina do trabalho. Mas o chofer da casa, este estava seguindo seu roteiro, pois recusava até o seu serviço, indo de táxi.

São passados vinte dias depois que o juiz Cássio seguiu viagem dizendo ir visitar a filha.

O chofer Juca apressou o passo vendo Kleber se preparar para sair, dirigindo-se ao seu carro.

– Doutor Kleber, por favor, preciso da sua ajuda.

Antonieta está alerta, mas eles se afastam.

– Doutor Kleber, preciso urgente falar com o senhor, mas estão nos observando.

Kleber compreende e responde alto:

– Juca, já avisei, não assine promissórias com empréstimos. Venha ao banco, agora.

Já distante da residência, o chofer, amigo de anos da família, inicia.

– Doutor Kleber, desde que o senhor seu pai viajou e pediu-me que vigiasse o movimento da casa, eu observo que a senhora sua mãe tem saídas estranhas. Ela recusa meus serviços, chama um táxi. Modifica o penteado e sai sem joias. Volta três horas depois. Noutro dia, quando entrei na sala, ela falava com dona Eugênia e desligou logo. Eu tomei nota da placa do táxi, em sigilo. Encontrei o taxista e fui informado que ela frequenta a casa de uma mãe de santo que faz trabalhos estranhos.

Kleber ouvia tudo calado enquanto refletia. Depois disse:

– Volte para casa a pé e obrigado, Juca. Para todos os efeitos, eu paguei suas promissórias.

Juca salta do carro e vai caminhando pelas ruas com papéis na mão para disfarçar, quando é despertado com um táxi levando a senhora que ele finge ignorar.

••• ♡ •••

NO DIA SEGUINTE, quando doutor Túlio levava Dayse à escola, de repente ela pede:

– Papai, leve-me ao hospital, vou desmaiar.

Vamos encontrar o doutor Túlio revivendo os momentos aflitos com sua Thaly.

A cardiologista doutora Virgínia informa:

– Túlio, ela teve uma parada cardíaca. É grave.

Doutor Vítor, doutor Pedro estão ao lado do colega e contemplam as lágrimas copiosas que já correm em seu rosto, pois enfrenta mais um drama familiar.

Túlio murmura: "Jesus, por que este martírio?".

A figura do velho pai aparece e ele escuta: "Túlio, a maldade humana atrai os espíritos do mal, e um cordeiro é sacrificado, mas todos colherão o plantio".

Dayse retorna do desmaio, estende a mão ao pai:

– Obrigada... por ser... meu papai outra vez...

Túlio agasalha aquela mãozinha gelada e a banha com suas lágrimas, sentindo o adeus desta vida.

Lentamente ela fecha os olhos e sussurra:

– O papai Ivan veio... – e no rostinho suave sorriso e tudo termina.

A medicina terrena não conseguiu salvá-la e lágrimas dos

médicos presentes orvalham sua estrada espiritual onde brilha uma estrela de luz e paz.

Túlio está destruído em sua sala procurando uma prece para se amparar.

A faxineira Nazareth pede licença:

– Doutor, eu sei que seu espiritismo é diferente do meu. Eu trabalho em centro de umbanda, mas só fazemos o bem, na caridade ensinada por Jesus, nosso Oxalá maior. Sua filha sofreu a carga de trabalhos sujos que fizeram, a pedido de uma mulher, numa casa que faz este tipo de coisa com maus espíritos. Eu coloquei o nome dela no amparo espiritual e mãe Maria diz para o senhor: "Que Jesus a recebeu com todo amor e muita luz…"

Doutor Túlio se ergueu e abraçou a faxineira que tinha as lágrimas na mesma dor.

Raquel, aflita, telefona para Nilce procurando o motivo do não comparecimento de Dayse e corre ao hospital, porém chegou tarde e outras lágrimas formando o rio da saudade coberto de flores e luzes para Dayse.

Beatriz não consegue localizar Kleber, ele recebe o aviso tarde e contemplando o corpo inerte de Dayse, murmura, enquanto as lágrimas correm:

– Minha estrada será de trevas sem você, Dayse, mas que seu espírito encontre a luz do meu amor iluminando sua viagem.

··· ♡ ···

A MULHER QUE executara o serviço de afastamento, atraindo espíritos perversos, andava nervosa, pois só ouvia: "Fuja daqui, corre perigo".

Esse aviso foi confirmado quando Antonieta surgiu em sua

casa censurando-a pela morte de Dayse, e avisando-a que o rapaz era filho de um juiz. Aquele esclarecimento foi o bastante. No dia seguinte ninguém sabia o paradeiro dela. Entretanto, o mundo espiritual preparava-lhe a cobrança de sua semeadura de maldades.

••• ♡ •••

NA RESIDÊNCIA DO doutor Kleber, Antonieta sente-se abandonada no horário das refeições e finge ignorar a morte de Dayse. Contudo, observava que o filho evitava sua presença.

Um dia, angustiada, dirigiu-se ao quarto dele e encontrou-o arrumando a mala de viagem.

– Kleber, você vai viajar?

Ele responde, sufocando sua dor:

– Sim, vou procurar respirar, aqui me sufoco. Vou trancar meu quarto e levo as chaves. Aviso a senhora que a conta bancária do papai está bloqueada por mim, até seu regresso. Portanto, modere suas despesas já que gastou tanto em lugares sujos, matando inocentes.

Antonieta sente um arrepio e apavorada não reflete e se denuncia exclamando:

– Ela morreu?

– Não era este seu desejo? A senhora é mandante deste crime.

Antonieta está apavorada com a revolta do advogado, seu filho, e o adverte:

– Kleber, eu sou sua mãe.

– Mãe não destrói a felicidade dos filhos, sempre implora a Deus que os ampare, dando-lhes felicidades e saúde. Por favor, sai do meu quarto, sua presença me faz mal.

– Eu vou ficar aqui sozinha? Seu pai já partiu, dizendo visitar sua irmã.

– Não, a senhora ficará com seu remorso por ter destruído a luz do meu caminho e me deixado nas trevas.

– Kleber, eu não pedi a morte dela e sim o afastamento para que você se casasse com Zuleika.

– Eu sei porque a senhora fez este compromisso com sua grande amiga Eugênia, e o papai também sabe. O que motivou o exame de DNA de minha irmã e meu.

Com estas palavras, Antonieta sentiu que estava perdida, pois ela fora amante do marido de Eugênia, que se matou. Levou as mãos à cabeça e gritou:

– Meu Deus, por que destruí minha vida?

– Porque a senhora é egoísta, vaidosa, orgulhosa e ambiciosa. Esqueceu os ensinos de Jesus. Adeus e obrigado por ter deixado eu nascer em vez de abortar com receio que o pai fosse o outro. Talvez eu a perdoe, lembrando que Jesus morreu levando os erros humanos.

Deixando a mãe em prantos, Kleber saiu de casa com destino ignorado.

Na garagem da residência Kleber colocou as suas malas, debruçou sobre o volante e chorou como se fosse uma criança.

O velho chofer, seu Juca, veio socorrer o patrão, que tanto estimava.

– Senhor, me desculpe, mas não adianta fugir da saudade e das dores humanas, aonde o senhor for, tudo irá junto. Procure ajudar alguém e sua dor será aliviada, carregue sua cruz, mas olhe para trás onde há outros esperando por sua ajuda, com cruzes maiores.

Kleber saiu do carro, abraçou o velho amigo da família e pediu:

– Diga a sua esposa para estar sempre ao lado da minha mãe, a fim de evitar tragédias. Vou passar uns dias na fazenda do meu tio.

Refletindo nas palavras do chofer, Kleber estaciona o carro e liga para Zuleika, assustando mãe e filha, pois pedia um encontro.

Vamos, portanto, encontrar Zuleika e Kleber numa mesa isolada de uma confeitaria.

Zuleika, linda moça, está assustada e logo aclara:

– Kleber, eu não posso me casar com você, estou grávida do meu verdadeiro amor.

– Zuleika, tranquilize seu coração, pois há anos sei do seu amor com o administrador Carlos Garcez. Porém, agora quero ajudá-la como seu advogado.

– Kleber, eu não quero me casar dando ciência à sociedade, pois vou despertar a morte do meu pai. Vou sair de casa e morar com Carlos, na casa de seus pais.

Kleber viu lágrimas nos olhos dela:

– Desculpe-me a recordação, mas você sabe por que seu pai se matou?

– Sei que a polícia investigava, pois ele se matou em pleno serviço com um tiro no coração. Sei que um juiz ordenou o arquivamento do processo para evitar escândalo social, sei que o mesmo juiz ordenou ao administrador do cemitério que enterrasse o corpo dele, a fim de desligar seu sofrimento da Terra e fizesse a prece com o corpo presente levando luz e paz. Este, juiz, Kleber, foi seu pai. Este juiz me despertou a realidade do suicídio, o papai deve ter descoberto que a amante era a esposa de um juiz. E para que tudo fosse esquecido, sua mãe, grande amiga de minha mãe, arquitetou o nosso casamento, sem nos consultar.

Kleber ouvia tudo, refletindo nos atos de seu pai, juiz e espírita, e que mantinha a esposa no lar, como se nada tivesse acontecido.

De repente, Kleber diz:

– Zuleika, telefone para o Carlos, vamos juntos ao cartório, você sairá casada no civil para assegurar seus direitos de esposa e não amante. Serei seu advogado num cartório, sem alardes. Carlos sentirá a responsabilidade paterna, tendo a mãe ao seu lado. Conte sempre com minha amizade, como seu advogado.

Tudo resolvido, Zuleika regressa ao lar e alegre diz:

– Mamãe, estou casada no civil, esperando um filho e vou morar com meu marido.

– Zuleika, tudo isso com Kleber?

– Não, mamãe, ele foi meu advogado, apenas. O meu amor é o Carlos Garcez. Pode avisar sua grande amiga.

••• ♡ •••

DOUTOR TÚLIO CONTINUA saudoso, lembrando Dayse, que seguia uma estrada tão linda.

Nilce e Leonor estão preocupadas e um dia Nilce resolve ir ao escritório do lar, era seu refúgio, e há dias não ia ao hospital.

– Túlio, desperte desse sofrimento, você está abandonando seus clientes e prejudicando sua saúde. Vamos continuar nossa jornada, fortalecidos pelo amor de Jesus.

Ele recebe um beijo da esposa:

– Nilce, eu sou culpado. Ela era feliz com sua identidade, tendo os dados do orfanato. Eu não deveria forçar o registro do nascimento em cartório, fazer a aproximação com Kleber e despertar ódios de algum passado. Chego perto do carro, não consigo mais dirigir, Nilce, recordando a presença dela, tão feliz rumo à escola de medicina.

– Túlio, você assumiu ser pai, pois Ivan, mais uma vez a renegou, ele é que deveria ter feito o registro em cartório, quando comprovou a sua paternidade. Você quis mostrar a Maristela que Dayse não era uma enjeitada, que teve pais, e por isso foi procurar um advogado para se amparar, aí despertou o amor adormecido. Onde está sua culpa? Você só fez o bem, provando seu amor de pai. Saia desta onda de culpado, Túlio, pelo amor de Jesus.

– Nilce, outro erro meu, prejudicando o futuro de Celina. Quando dom Fernandez, na Espanha, quis resgatar Cassandra, aos seis anos, eu me opus. Voltou quando tinha 15 anos. Lúcio mentiu e tudo prejudicou, mas não assumiu o papel de padrasto e eu fortaleci o egoísmo de Lúcio. Nilce eu deveria ter forçado Cassandra a seguir o verdadeiro pai, outra vez errei. Aí está como somos nós que complicamos o viver querendo ser um falso anjo da guarda e destruindo nossa paz.

O telefone da residência retine e Nilce vai atender. É o doutor Vítor, transmitindo recado do diretor do hospital:

– Túlio, volte ao trabalho, amanhã mandarei um chofer.

No dia seguinte, logo cedo, Joel chega:

– Doutor Túlio, vim buscar o senhor, na minha bicicleta, pois o doutor Vítor está exausto de atender seus clientes.

Um triste sorriso iluminou o rosto do médico e retornou para suas funções.

NA RESIDÊNCIA DE Kleber, todos se assustam com a chegada do patrão.

– Doutor Cássio, por que não avisou? O Juca iria buscá-lo.

A resposta foi:

– Eu preciso falar urgente com o Kleber.

A governanta Maria José informa:

– Ele viajou, senhor, trancou o quarto e levou as chaves.

Doutor Cássio recebe um beijo na face, que ignora. Era Antonieta, que expressa medo, ouvindo a pergunta à governanta:

– O que aconteceu aqui na minha ausência?

– Ah, senhor, a jovem Dayse morreu com uma parada cardíaca e o Kleber está desesperado.

Cássio sabia de tudo, pois há dias, num hotel, chamou o Juca para um encontro, pelo telefone da garagem.

Antonieta tremia e se afastava, mas foi retida pelas palavras:

– Antonieta, a partir de hoje sua conta bancária não existe. Quando precisar de dinheiro, peça-me, e quero recibo de tudo. Cancelei a conta conjunta, pois vinha tendo gastos excessivos e o Kleber bloqueou sua conta. Quero conferir todas as suas joias e passarei a guardá-las no banco. Não as usará mais.

Antonieta, apavorada:

– Cássio, eu não tive culpa da morte dela. Só pedi o afastamento.

Ela sente a mão do marido segurando seu braço:

– Antonieta, o que você fez?

As lágrimas de desespero surgiram:

– Cássio, eu pedi o afastamento dela, não a morte.

– Antonieta, onde você frequentava?

Ela tremia, mas o olhar do juiz ordenava:

– A casa de uma mulher que fazia este trabalho.

Ela não conseguia dar maiores esclarecimentos, tremia sob o olhar do marido.

Ele largou seu braço e ordenou:

– Aqui, agora, todas suas joias, se faltar alguma, vai esclarecer e quero a relação de todo dinheiro que gastou.

Doutor Cássio levou as mãos apoiando sua cabeça: "Meu Deus, eu tirei uma jovem de um lar digno para ser minha companheira no viver terreno e trouxe uma víbora para este lar".

E as lágrimas surgiram em seu rosto severo.

Antonieta foi buscar as joias colocando-as diante dele e logo ouviu:

– O colar de esmeraldas, onde está?

Antonieta, apavorada, mas logo autoritária:

– Com Eugênia. Cássio, eu posso denunciá-lo por maus-tratos a minha pessoa.

– Ótimo, sairá nos jornais: mandante de uma morte, o nome de dois amantes, um suicídio e um filho abortado. Entretanto, continua sob o mesmo teto do marido.

Antonieta desmaiou e foi socorrida pela governanta.

Ao entardecer Eugênia surge trazendo o colar de esmeraldas e os brincos.

Doutor Cássio recebe-a e diz:

– Obrigado, Eugênia, por estar com você. Guarde tudo para o seu futuro, poderá ser útil. Esta joia não cobre a falta do seu marido, que era um bom homem, apenas leviano.

Ela recolhe uma lágrima e aclara:

– Comunico-lhe que Zuleika está casada no civil com Carlos Garcez. Agradeço ao Kleber que tudo organizou, apesar de estar sofrendo tanto com a morte de Dayse. Doutor Cássio, peço-lhe permissão para continuar ao lado de Antonieta, ela precisa se recuperar dos erros, eu posso ajudá-la.

O juiz sorriu lembrando o ensino de Jesus: "Perdoai setenta vezes sete".

••• ♡ •••

SÃO PASSADOS QUINZE dias de ausência de Kleber.

Naquela tarde ele regressa trazendo frutos da fazenda e entra pela porta dos fundos. A cozinheira logo exclama:

– Ah, que cheiro gostoso da natureza sadia.

Cássio vai ao encontro do filho e fica preocupado ao ver como emagreceu e os cabelos grisalhos. Emocionado, abraça-o dizendo:

– Meu filho...

Naquele abraço de pai, Kleber deixou lágrimas correrem, pois encontrou apoio para sua dor.

Antonieta estava no quarto e lá ficou.

Horas depois, conversavam sobre a fazenda e a felicidade da tia Cassilda com seu fazendeiro João.

Cássio e o filho voltaram ao escritório de advogados, a fim de, no trabalho, esquecer as dores da vida.

··· ♡ ···

E MAIS UM ano correu levando saudades.

Doutor Túlio continuava o mesmo médico, mas sofria quando passava pela escola de medicina, faltava um ano para a formatura.

Ângela já era mamãe e muito feliz. Raquel fazia um curso extra para não sobrar tempo para saudades.

Um dia Raquel sonhou com Dayse, muito bonita e pedia-lhe:

– Raquel, vá procurar o Kleber, ele não me esquece, e sofro com suas lágrimas.

Ela contou o sonho ao doutor Túlio, que confirmou tudo para ela.

Vamos encontrar Raquel entrando na sala dos advogados e dirigindo-se à sala do doutor Kleber.

A saudade está nos olhos dele, mas sorri vendo Raquel que fala:

– Doutor Kleber, preciso de sua ajuda, pois quero fazer uma adoção.

– Já encontrou a criança?

– Não, eu quero adotar um marido. Pode ser viúvo com mais de trinta anos. Que seja amigo, companheiro para todas as horas desta vida terrena.

Kleber, que há muito não ria, deixou expressar seus sentimentos.

Então, Raquel contou o sonho e pediu-lhe que retornasse ao viver terreno; ela queria ajudá-lo unindo as saudades.

Doutor Cássio, ouvindo a risada do filho, quis saber o milagre e foi tomar conhecimento da adoção e disse:

– Como juiz, aprovo esta adoção.

A partir daquele dia, Raquel e Kleber passaram a transformar a saudade em sincera amizade e aos poucos surgia um suave amor entre eles, para alegria de todos, que sofriam com a mesma saudade.

Depois da formatura, Raquel e Kleber se casavam numa cerimônia simples, onde doutor Túlio teve a felicidade de rever sua querida Dayse, colocando uma guirlanda de flores luminosas na cabeça da grande amiga.

O pai de Raquel atendeu ao pedido da filha, não queria festas, mas que ajudasse ao padre da igreja que doava, sempre, alimento aos pobres.

NUMA DAS VIAGENS ao hospital, doutor Túlio diz a Joel:

– Quando eu morrer, deixo este carro para você.

– Xi, doutor, até lá, ele estará soltando as rodas pelo caminho.

Não se preocupe, sou feliz com a minha bicicleta e revezando como chofer para o doutor Marques, doutor Vítor e o senhor. Todos me ajudam.

···♡···

NO HOSPITAL NO horário do descanso, Túlio e Vítor estão trocando ideias a respeito dos erros cometidos durante a vida. Vítor comenta:

– Túlio, eu também errei, deixando minha filha Agnes, com vinte e três anos, sair de casa, grávida e ir morar com a mãe do namorado, esperando o casamento. Ela não atendeu as lágrimas da própria mãe e irmã. São passados cinco meses, eu, como pai e médico esqueci meus deveres.

Neste exato momento o telefone ressoa, e é para Vítor.

Voz de mulher aflita, Vítor fica pálido ouvindo e anotando algo.

Túlio logo socorre:

– O que houve, Vítor?

– A sogra de Agnes pede urgência para retirá-la de sua casa, antes que morra lá. Depois de forte discussão com o pai da criança negando o casamento, ela tomou um chá abortivo e está em sofrimento atroz.

Vítor, atormentado, leva as mãos à cabeça, como se pudesse tudo sufocar.

– Vítor, eu vou buscá-la, com o Joel. Você fica preparando a emergência.

E mais uma vez doutor Túlio segue seu coração bondoso amparando o amigo no seu tormento.

Chegando à residência ele contempla Agnes estirada sobre a cama em atroz sofrimento que enxerga o médico entre as nuvens.

– Agnes, por que fez isso, filha? Todos iriam dar o amparo a você.

Joel traz a maca e retornam ao hospital com a rapidez possível.

Vítor fica alucinado vendo o estado de Agnes, quando escuta na voz de Túlio:

– Ela tomou um chá abortivo de ervas, não sabe o nome, a fim de destruir o reflexo do namorado, assim disse a sogra, que olhou por ela estes meses, como verdadeira mãe.

Na sala de emergência a junta médica resolve fazer a cesárea.

Anestesia local, soro, bolsa de sangue e todos no posto.

A criança é retirada em convulsões, como se desmembrasse todo o organismo.

As lágrimas brilham nos olhos dos médicos vendo o corpinho da menina perfeito, se debatendo para viver.

O útero é retirado, e tudo que é destruído pelo chá abortivo.

Beatriz, banha a criança, misturando suas lágrimas com a água, embrulha-a na toalha, mas o sofrimento continua, ela então suplica:

– Doutor Túlio, me ajude.

Ele se aproxima, segura a criança naquela ânsia do sofrer:

– *Jesus, divino mestre, suplicamos sua misericórdia, recolhe este espírito deste corpo destruído e que seja levado ao plano espiritual para sua recuperação.*

A luz da sala apagou e um clarão se fez do outro lado.

O corpinho fica inerte, da boquinha sai um líquido misturado com sangue, mostrando a destruição interna e a luz da sala retorna.

Beatriz soluça ao lado de outra colega.

Os médicos estão emocionados, contemplando Túlio, que chora agradecido, e um deles se aproxima, dizendo-lhe:

– Túlio, você é um emissário do mestre Jesus, entre nós.

– Não, amigos, foi a união de todos nós, implorando o alívio para este espírito preso num corpo destruído.

Beatriz, entre soluços, clama:

– Meu Deus, que horrível é o aborto.

Vítor, ainda trêmulo pela emoção, se aproxima do corpinho inerte e o banha com suas lágrimas enquanto sussurra:

– Perdoa-me, querida, o abandono que lhe dei.

... ♡ ...

AGORA, A LUTA é salvar Agnes que também sofria o reflexo das ervas destruindo seu próprio organismo, porém, seu coração batia forte, como a lhe dizer: "Você viverá com o remorso do seu crime."

Horas depois, Agnes sussurrava:

– Papai, me ajude a sofrer neste mundo, eu matei um anjo. Tenho medo do sofrimento do outro lado.

Vítor, carinhoso, segura a mão da filha e lhe diz:

– Agnes, a sua revolta atraiu o ódio, a vingança e o corpinho que se formava recebeu toda a carga nociva... era um botão de rosa que iria perfumar a vida de todos e foi decepado. Peça perdão a Deus, o Criador de tudo neste mundo.

... ♡ ...

DURANTE DIAS AGNES sofreu num leito hospitalar recebendo o carinho de todos e aumentando seu remorso.

Vítor era um pai destruído, mas amparado pelos colegas e sempre pedindo a Deus que perdoasse a filha, pois, ele também era culpado, como pai e médico.

Aí está, meus amigos, como as criaturas destroem o mapa espiritual, traçado pelo Pai Supremo, que só distribui amor e paz para todos.

Agora, Agnes aguardará a próxima encarnação para recolher o que semeou errado nesta vida, que seria tranquila, vivendo como mãe solteira e recebendo da espiritualidade a doce luz da resignação, pois era responsável por um espírito que retornava procurando novas luzes.

··· ♡ ···

Os MESES CORRERAM e todos arrastaram suas cruzes com resignação e esperando o perdão das faltas cometidas no passado e no presente.

Raquel e Kleber continuam felizes numa união de amor e respeito mútuo, unidos no mesmo ideal – os órfãos – pela memória de Dayse.

Certo dia Raquel chega ao hospital do doutor Marques, beija a face do doutor Túlio com amor filial e diz:

– Estamos na semana da adoção, trouxe um presente para o doutor Vítor.

Doutor Túlio vê um lindo carrinho rosa trazendo um bebê adormecido, e Raquel continua explicando:

– O Kleber vai organizando a papelada e seu pai, doutor Cássio, comprova a adoção. Somos responsáveis pelas crianças neste período. Doutor Túlio, como os espíritos nos ajudam neste trabalho de amor. O doutor Pedro ficou com dois garotos de quatro e cinco anos, emocionado com o abraço que recebeu das crianças, quando apenas brincou: "Querem um papai? "

Entretanto, a palestra é interrompida, pois a esposa e filha de Vítor chegavam, atendendo ao chamado de Raquel, que elucida:

– Alethia, sua família está reunida, vamos a sua história. Este bebê foi colocado no orfanato Estrela no Caminho com uma carta, eu tirei cópia: "Deixo com estes corações a minha filhinha, Alethia. Sua mãe, jovem de dezesseis anos, está com Jesus, mas implorou o amparo e a conservação do nome, Alethia. Sou o pai e renuncio a ela, pois não posso criá-la. Mas, espero revê-la um dia linda, jovem e amparada numa família". Doutor Vítor, enquanto lia a carta eu ouvi uma voz clara: "Leve-a ao doutor Vítor, ela voltou". Indagando depois, soube que este bebê nasceu com problemas estomacais, não recebia alimento nenhum. Hoje está recebendo, pois foi tratada com água fluida e assistência pediátrica. Portanto, deixo nesta família o retorno da netinha que esperavam.

As lágrimas corriam na face do doutor Vítor, enquanto Túlio escutava outra voz espiritual: "Esta jovem mamãe resgatou seu passado, a outra continua em tratamento espiritual, porém o pai, irresponsável, é o mesmo e seguirá levando a cruz do remorso".

Adele e a mãe contemplavam a criança com imenso carinho, até que Adele abraçou o pai e implorou:

– Papai, adote, eu quero ser titia.

A criança abriu os olhos, como que esperando a resposta e mexeu com a mãozinha. Vítor, emocionado, ergueu a sua mão, segurando aquela pétala de rosa que procurava a sua família para se apoiar nesta vida.

A voz do doutor Túlio despertou a todos:

– Raquel, chame o Kleber, e cuide da papelada, esta criança é o mesmo espírito que retornou para a família na sua fase terrena, mas conservem o nome Alethia, nome grego que significa, a verdadeira.

···♡···

D<small>EPOIS</small> T<small>ÚLIO</small> <small>BRINCOU</small>:

– Raquel, por acaso, você e Kleber já adotaram alguma criança?

– Adotamos, doutor Túlio, é um botão de rosa, chama-se Rose. Fica com a mamãe enquanto trabalhamos. O vovô adora a garotinha e nós brincamos que é a encarnação da vovó. Vou levá--la a sua casa para tudo comprovar e perfumar seu lar também.

Kleber chegava ao recinto, e o cenário passou a ser jurídico.

E<small>NQUANTO</small> <small>ISSO</small>, <small>NA</small> residência do doutor Cássio, o cenário era outro:

Ele está lendo um jornal quando é interrompido por Antonieta:

– Cássio, aqui está o dinheiro que retirei em excesso e gastei errado. Vendi meus casacos de pele e três vestidos, pois não mais terei saídas noturnas, que me deixaram com um grande remorso. Eugênia tem me esclarecido o lado espiritual, esquecido por mim. Espero o seu perdão e o do Kleber também.

Cássio deixa o jornal:

– Antonieta, guarde para seu uso este dinheiro. Quanto ao meu perdão, a sua permanência neste lar é o perdão. Você foi a única mulher em minha vida, Antonieta.

Enquanto ele falava as lágrimas corriam pela face de Antonieta.

– Quanto ao perdão de Kleber o tempo arrastará a saudade e as mágoas, ele constrói outro lar ao lado da médica Raquel, guardando em seu coração o verdadeiro amor, agora espiritual. Vamos, portanto, seguir nova estrada, lembrando os ensinamentos de Jesus, sacrificado na cruz pelos erros humanos, mas deixou a todos amor e perdão. Quero nesta casa exemplos espirituais, realizados para todos os momentos desta vida terrena. Aproveito a ocasião para comunicar-lhe que, Karina, nossa filha, está retornando a esta casa, pois ficou viúva com três filhos adolescentes. Maria José já organizou acomodação para todos. Você permanecerá em seu quarto, portanto, espero que não se esqueça de sua verdadeira posição de mãe e avó, esquecendo os erros do passado. O marido de Karina pediu-lhe que deixasse a casa e todos os bens materiais para a irmã casada e seus filhos e ainda ampara os velhos pais. Karina tem amparo monetário, mas precisa deste lar, seu direito, como nossa filha. Vamos, portanto, iniciar uma nova jornada.

••• ♡ •••

TERMINADO O EXPEDIENTE do hospital e o jurídico, todos regressam aos seus lares.

Kleber cuida da papelada da adoção, pois levará uma cópia para o orfanato, dando o paradeiro das crianças adotadas.

Em sua residência, Túlio recebe o beijo da esposa e dona Leonor esclarece:

– Que dia agitado você teve hoje, hein, Túlio!

Ele beija a sogra:

– Sim, mas foi um dia vendo felicidade em outros corações.

Entretanto, ao anoitecer o telefone retine e Nilce atende:

– Marta! Um beijo para o Túlio? Pode mandar, mas por quê?

Do outro lado a esposa do doutor Pedro, continua:

– Nilce, há anos passados, quando eu estava alucinada, em tratamento para engravidar, encontrei com o Túlio, no hospital, e ele me disse: "Marta, isso é reflexo dos abortos do seu passado. Cuide da saúde, mas seus filhos estão num orfanato, vai encontrá-los em breve". Nilce, eu gravei estas palavras dele e me acalmei. Hoje meu lar está abençoado por Jesus. Pedro, o apóstolo; dois evangelistas,

Lucas e Mateus; crianças lindas. Eu, a Marta, que fugia das palavras de Jesus, procuro, portanto, Maria, a discípula de Jesus. O meu lar será o reflexo das palavras de Jesus. Minha gratidão a todos vocês.

Nilce sorria ao desligar o telefone, embora seu coração agasalhasse eternas saudades.

••• ♡ •••

AS SOMBRAS DISSIPAVAM aclarando um novo dia.

Túlio estava pensativo, mas depois falou:

– Preciso cuidar do meu inventário, embora não tenha herdeiros, mas alguém perto de nós precisará.

Dona Leonor aproveita:

– Túlio, somos três velhos a caminho da eternidade, mas sei que partirei primeiro. Vou pedir-lhe que o saldo da minha conta bancária, você entregue a nossa Francisca, que esteve todos estes anos ao nosso lado.

Nilce se comoveu e beijou a mãe.

Túlio continuou:

– Vou pedir a Kleber para ser meu procurador e tudo organizar. Joel será o primeiro a ser lembrado por mim, deixarei uma conta no banco para ele. E quem olhar pela minha velhice e da Nilce receberá esta casa com todos os sonhos que foram destruídos.

As palavras de Túlio despertavam o futuro e as visões de dona Leonor que esclarece:

– Túlio, eu vejo Raquel ao lado de Nilce.

Aquela visão seria a última de Leonor, pois dias depois ela partia para sua viagem espiritual, deixando saudade nos corações.

••• ♡ •••

HÁ TRÊS MESES Raquel e Kleber atravessavam uma crise terrena em silêncio, estudando juntos o novo destino a ser tomado.

A casa alugada, em que moravam, fora vendida, com outras duas ao lado, do mesmo proprietário para uma imobiliária. Só faltava eles deixarem a casa, pois a demolição já iniciava para a construção de um elegante prédio.

A casa dos pais de Raquel estava lotada com a presença do irmão do pai e esposa que vieram para ficar. Naquela tarde Kleber resolveu:

– Raquel, vamos para um apart-hotel, venderemos os móveis e estudaremos uma casa própria sem outras por perto. Eu preciso me encontrar com o doutor Túlio, estou em falta.

Kleber não imaginava que o mundo espiritual já havia organizado seu novo destino, ao lado de alguém de um passado distante. Kleber era esperado como se fosse um filho pelo casal Novallis.

Quando regressou do encontro com o doutor Túlio, Kleber beijou Raquel e alegre anunciou:

– Querida, achamos o novo lar, vamos perturbar a paz de dona Nilce e doutor Túlio. Eles nos esperam, como se fôssemos filhos, regressando de uma viagem.

Raquel olhou para o céu:

– Obrigada, Jesus, por nos ajudar a levar nossa cruz. Que o espírito de Dayse receba muita luz e paz.

A imobiliária que comprara as casas era do seu irmão Lúcio, que continuava na mesma ambição, e a descoberta fez o efeito de um explosivo no coração de Túlio, que o fez encontrar a quem deixar o único imóvel que possuía, o casal Kleber e Raquel.

··· ♡ ···

O CREPÚSCULO COBRIA o horizonte deixando uma estrada rósea. O azul do céu esmaecia descobrindo as estrelas, que formariam o manto de luz para iluminar a noite, despertando os ensinamentos de Jesus para todos os corações humanos.

Nilce e Túlio envelheciam juntos, agasalhados pela saudade dos entes queridos, que partiram, mas tranquilos, porque viam que todos que passaram por eles estavam felizes, seguindo o roteiro de suas vidas terrenas. Amparados por Kleber e Raquel, no perfume da pequena Rose, que espalhava alegria pelo lar, de uma infância abençoada.

···♡···

TERMINO ESTE ROMANCE, uma história de vidas reais, deixando os estudos para outros corações.

Adeus, William

FIM

CONHEÇA TAMBÉM

Peça e receba – o Universo conspira a seu favor
José Lázaro Boberg
Estudo • 16x22,5 cm • 248 pp.

José Lázaro Boberg reflete sobre a força do pensamento, com base nos estudos desenvolvidos pelos físicos quânticos, que trouxeram um volume extraordinário de ensinamentos a respeito da capacidade que cada ser tem de construir sua própria vida, amparando-se nas Leis do Universo.

Getúlio Vargas em dois mundos
Wanda A. Canutti • Eça de Queirós (espírito)
Romance mediúnico • 16x22,5 cm • 344 pp.

Getúlio Vargas realmente suicidou-se? Como foi sua recepção no mundo espiritual? Qual o conteúdo da nova carta à nação, escrita após sua desencarnação? Saiba as respostas para estas e outras perguntas, agora em uma nova edição, com nova capa, novo formato e novo projeto gráfico.

A vingança do judeu
Vera Kryzhanovskaia • J. W. Rochester (espírito)
Romance mediúnico • 16x22,5 cm • 424 pp.

O clássico romance de Rochester agora pela EME, com nova tradução, retrata em cativante história de amor e ódio, os terríveis fatos causados pelos preconceitos de raça, classe social e fortuna e mostra ao leitor a influência benéfica exercida pelo espiritismo sobre a sociedade.

Não encontrando os livros da **EME** na livraria de sua preferência, solicite o endereço de nosso distribuidor mais próximo de você através de
Fones: (19) 3491-7000 / 3491-5449
(claro) 9 9317-2800 (vivo) 9 9983-2575 📱
E-mail: vendas@editoraeme.com.br – Site: www.editoraeme.com.br